O HOMEM QUE ODIAVA A SEGUNDA-FEIRA

IGNÁCIO DE LOYOLA BRANDÃO

O HOMEM QUE ODIAVA A SEGUNDA-FEIRA

AS AVENTURAS POSSÍVEIS

© Ignácio de Loyola Brandão, 1999

3ª Edição, Global Editora, São Paulo 2000
2ª Reimpressão, 2013

Diretor Editorial
JEFFERSON L. ALVES

Assistente Editorial
ROSALINA SIQUEIRA

Assistente de Produção
FLÁVIO SAMUEL

Preparação
SÍLVIA CRISTINA DOTTA

Revisão
RONALDO A. DUARTE
ROSALINA SIQUEIRA

Capa e Projeto de Capa
VICTOR BURTON

Foto do Autor
ANDRÉ BRANDÃO

Editoração Eletrônica
ANTONIO SILVIO LOPES

Dados Internacionais de Catalogação na Publicação (CIP)
(Câmara Brasileira do Livro, SP, Brasil)

Brandão, Ignácio de Loyola, 1936-
  O homem que odiava a segunda-feira : as aventuras possíveis / Ignácio de Loyola Brandão. – São Paulo : Global,1999.

  ISBN 978-85-260-0629-4

  1. Contos brasileiros I. Título.

99-4228   CDD–869.935

Índices para catálogo sistemático:

1. Contos : Século 20 : Literatura brasileira 869.935
2. Século 20 : Contos : Literatura brasileira 869.935

Direitos Reservados
GLOBAL EDITORA E DISTRIBUIDORA LTDA.

Rua Pirapitingui, 111 – Liberdade
CEP 01508-020 – São Paulo – SP
Tel.: (11) 3277-7999 – Fax: (11) 3277-8141
E-mail: global@globaleditora.com.br
www.globaleditora.com.br

Obra atualizada conforme o **Novo Acordo Ortográfico da Língua Portuguesa**

Colabore com a produção científica e cultural.
Proibida a reprodução total ou parcial desta obra sem a autorização do editor.

Nº DE CATÁLOGO: **2118**

*Para
Márcia,
razão de viver.*

Sumário

O mistério da formiga matutina 11

A mão perdida na caixa do correio 23

O homem que odiava a segunda-feira 65

KersgatoiNula! KersgatoiNula! 83

As cores das bolinhas da morte 93

O mistério
da formiga matutina

Ao abrir o açucareiro, notou que estava cheio de formigas minúsculas. Malditas segundas-feiras, sempre acontece alguma coisa. De onde teriam vindo as formiguinhas, uma vez que morava no décimo oitavo andar? Elas estariam finalmente se modernizando, conseguindo organizar formigueiros no concreto dos edifícios? Sabia, por um desses programas pseudocientíficos de televisão, que as formigas constituem a sociedade mais antiga e organizada do mundo. São assim há séculos. Ou seriam milênios? Pelo interfone interpelou o zelador, que retrucou irritado.

– Todos os apartamentos estão reclamando! O que posso fazer? Talvez tenha um grande formigueiro aqui embaixo.

– Embaixo do quê? O pátio é cimentado, o prédio não tem jardim nem um milímetro de verde. A não ser esses vasos com plantinhas amareladas que ninguém rega, viraram mictórios de cachorros.

– Então, é na garagem. Quer saber? Sou zelador, não sou chacareiro, não sei nada sobre formigas, o síndico que chame um formigueiro.

– Chamar um formigueiro?

– É, um técnico em formigas.

Ele riu, sem saber se era blague do zelador. Essa é boa! Um especialista que conheça formigas em uma cidade como São Paulo! No edifício de 28 andares, seis apartamentos por andar, havia dois subsolos com vagas minúsculas para os carros e uma caixa-d'água subterrânea. As vagas deviam parecer espaços imensos para as formiguinhas. Como se livram de serem esmagadas pelos pneus? Como sobem para os apartamentos? Pelo elevador? Pelas escadas? Pelos conduítes de luz, pelas paredes? Formigas são pacientes e organizadas. Primeiro, vem comissão de frente sonda o terreno e avisa às outras: podem subir? Já tinha visto muitas formigas pelas paredes. Como se mantêm? Têm visgo nas patinhas?

Encheu o copo de água, colocou açúcar, as formigas boiaram. Não sabem nadar. Também não afundam. Retirou-as com uma colher de café, atirou-as dentro do freezer. Seriam congeladas e no futuro, descongeladas, retomariam a vida. Tinha visto um filme sobre pessoas conservadas no gelo, que eram ressuscitadas. Todavia acordavam possuídas pela maldade. Bem, era apenas cinema, histórias inventadas, filmes não têm importância, são bons para nos fazer adormecer em madrugadas insones.

Voltou à mesa para terminar o café. Uma formiga estava parada junto à xícara. Devia estar escondida quando ele limpou a mesa. Tomou um gole, café frio.

Não se importou. Muitas vezes enchia o copo com gelo moído, colocava café e tomava com prazer. Costume que tinha descoberto na Itália. Chama-se granita de café.

– Saia daí!

A formiga não se moveu, continuou a fitá-lo.

– Não fique me olhando. Não gosto que me olhem quando estou lendo ou comendo. Não gosto de conversar quando não vejo os olhos da pessoa.

Riu. Uma formiga não é uma pessoa. Todavia, ela pareceu entender. Talvez tenha sido o tom de voz. Ele sabia que sua voz era forte. Assustadora. Na juventude, arrancava aplausos ao cantar *Torero*, na ópera *Carmem*. Poderia ter estudado canto lírico, talvez tivesse conservado Graziela, ela gostava tanto de música. A formiga afastou-se. Pequenino ponto movendo-se pela mesa branca de fórmica. Que sensação a mesa provoca nela? A de uma planície infindável? Acho que me sentirei assim no Polo Norte em um dia de sol. O branco infinito. Gostava de colocar-se nas situações dos outros. Ela foi para trás da jarra de suco. Ficou a observá-lo partir uma fatia de queijo, passar geleia no pão e levar à boca. Distraiu-se comendo e quando olhou, a formiga destemida estava de novo à sua frente, encarando-o.

– Não disse para sumir?

Ela nem piscou. Bem, não podia ver os olhos dela.

– Quer morrer afogada como as suas companheiras?

Deve estar com medo de mim, pobrezinha. Como serão os meus berros em seus ouvidos minúsculos?

– Quer ir para o gelo?

Teve certeza, a formiga moveu a cabeça em um movimento claro: não!

– Então, deixe-me comer! Quer comer também? Vai ver é isso. Quer açúcar? Geleia?

Ela sinalizou outro não.

– Geleia de frutas silvestres? Sabe o que são frutas silvestres? – Formigas são do campo, conhecem tudo.

– Não? Então, do que gostam as formigas? – De folhas, diria Graziela, cujo sonho era morar em um sítio, cuidar de canteiros de flores e verduras. No entanto ela se fora há tanto tempo, ainda estavam na memória suas unhas pintadas em cores violentas. Todas as quintas-feiras, ela sentava-se durante uma hora diante do espelho oval com moldura de madeira e pintava as unhas. Cada semana de uma cor. Como Sally Bowles no filme *Cabaré*. Na moldura do espelho, entre bilhetes, postais, flores secas, desenhos, havia uma fotografia dela, nua. Quantas vezes, no jardim da casa em que moravam, tinham contemplado a fila de formigas carregando para o interior da terra folhas e gravetos diminutos. Agora, Graziela se fora para a Toscana, deixando-o só. E ele, por segurança, depois que a casa fora assaltada três vezes, viera para o apartamento.

– Quer uma folhinha? Tenho uma planta que me deram ontem. Algumas folhas estão amarelando, você não vai se importar, vai? Vejo tantas formigas carregando folhas secas!

A formiga sinalizou outro não. Por um segundo, ele hesitou. E se ela fizesse aquele gesto por instinto? Bem, não quer comer nada. Vai ver, precisa de alguma coisa. Como descobrir? Há no mundo milhões de coisas que podem ser necessidades para os outros. O que seria específico para uma formiga? Quais as carências dela? Afeto? De que maneira demonstrar afeto por uma formiga? Não dá para passar a mão pelas suas costas, fazer cafuné, ela não pode encostar a cabeça no ombro de alguém, não se pode acariciá-la.

Fabrício, o terapeuta magro, sempre de roupas pretas, que frequentava a mesma padaria, costume tão paulistano, diz que um dos enganos é imaginar que a falta de afeto provoca neuroses. Nada disso. A prisão de ventre é a maior causadora de complexos, rejeições, traumas, distúrbios mentais. Um homem com o intestino preso fica envergonhado, sente dores, peso, anda curvado, perde a postura, a autoestima se dilui, a cabeça fica nebulosa, os pensamentos não fluem.

– Precisa de alguma coisa?

A formiga fez que sim. Ah, não era um gesto instintivo. Estavam se comunicando.

– Do quê?

Ela teve um gesto que pareceu interrogativo.

– Não sabe?

Ela acenou afirmativamente.

– É alguma coisa de que precisa muito?

Sim, ela confirmou com a cabeça minúscula.

– E como saber?

Outra interrogação.

– E se você aprendesse a falar? Gostaria?

A formiga fez que sim.

– Precisamos de tempo.

Bobagem, ela devia ter todo o tempo do mundo. O que seria o tempo para ela? Quanto dura uma formiga? Ele poderia ajeitar as coisas. Precisava encontrar o manual que ensina às formigas a arte da conversação com humanos. Podia, igualmente, raciocinar ao contrário. Aprender a língua delas para se comunicar.

Percorrendo livrarias, na porta de uma delas deu com um homem que estendeu um folheto amarelo convidando para uma reunião. Proposta: extinguir as segundas-feiras. Que ideia mais interessante! Até que enfim alguém pensou nisso, não posso me esquecer. Apanhou um pacotinho para ajudar na divulgação. Nas estantes, encontrou manuais de todos os tipos: dietas, vencer na vida, saber liderar, piscar os olhos, administrar empresas, selecionar empregados, investir na bolsa, abrir portas, colocar o CD no aparelho de som, obter melhores vantagens do celular, ludibriar o imposto de renda, conquistar uma mulher, fazer orações, lavar o rosto, virar esquinas, tornar uma mulher louca na cama, moldar o corpo com perfeição, cuidar do coração, combater o estresse, combater a depressão, depilar o corpo, cozinhar legumes, assar carnes, saber viajar e o que comprar em viagens, contemplar sem perigo os helicópteros que congestionam os céus. Falta aqui como viver uma segunda-feira sem neuras, pensou, percebendo que a ideia do homenzinho tinha penetrado em seu subconsciente. Não há uma só situação na vida de uma pessoa que não seja comandada por um guia. Exceto a maneira de se comunicar com as formigas.

Todas as manhãs, ela surgia na mesa do café, instalava-se perto da jarra de suco. Onde se escondia? Ele trazia a lupa de selecionar fotografias, tinha pertencido à Graziela. Via a formiga aumentada, as feições nítidas.

– Só tem você agora?

Ela fez que sim.

– Suas companheiras morreram? Todas?

Ela fez que sim.

– Fui eu que matei? Uma parte fui eu... Mas todas?...

Ela fez que não.

– Foi a dedetização?

Interrogação. O que é dedetização?

– Você está só no mundo?

Ela sinalizou, não entendia a palavra só. Como explicar solidão a uma formiga? E mundo?

– Sabe o que é o mundo?

Interrogação. Súbito, passou pela cabeça dele que era difícil explicar uma coisa cujo significado ele tinha perdido. Mas houve tempo em que a gente sabia o que era o mundo, como nos situávamos nele, para que fazíamos as coisas.

– Vou te dizer... talvez você compreenda... gosto de você. Entende?

Ela acenou que sim.

– Você gosta de mim?

Ela confirmou. Portanto, formigas sabem o que é gostar e não gostar.

– Desde que você apareceu não fico lendo jornal no café da manhã nem vou para a televisão assistir ao noticiário. Tenho me sentido melhor. Volto para casa sabendo que você me espera, está em alguma parte. Tem seu esconderijo, não é, malandrinha? Vou encontrar um modo de falarmos a mesma língua. Quero aprender a sua, saber como se comunica. Você me parece angustiada. Está ansiosa? Espera que eu aprenda uma forma de conversarmos? Quer me dizer uma coisa? Sinto que precisa me dizer alguma coisa. Sou o único que pode te ajudar agora.

Certas coisas ela parecia entender, outras não. Há milhares de anos elas convivem com os homens, captaram nossos comportamentos óbvios e imutáveis como os delas. Assim, a formiga confirmou e o gesto da cabeça pareceu desanimado. Ele saiu à procura de um especialista. Foi ao Zoológico, ao Instituto Biológico, ao Agronômico, telefonou para os jornais, passou o dia nas universidades. Era tratado como louco. "Quer falar com as formigas?", indagou um catedrático renomado, autor de teses internacionais. "Pois venha cá." Levou-o ao fundo do departamento, jogou-o por terra, esfregou a cara dele no chão, perto de um formigueiro. "Entre aí, talvez aprenda." No trabalho, fez indagações tímidas. Ninguém sabia nada.

Naquela segunda-feira, como fazia todas as manhãs, a formiga esperava, perto da jarra. Devia gostar da cor amarela do suco de laranja. Parecia abatida. Foi então que ocorreu a ele que bichinhos assim – formiga é bicho? Inseto? Mamífero? Invertebrado? Molusco? – têm vida curta. Quanto tempo restaria a ela? Se pudesse dizer quanto já viveu!

– Sabe a sua idade?

Ela teve um gesto interrogativo. Não podia saber o que é idade. Foram os homens que inventaram as divisões de tempo, absolutamente sem sentido.

– Se você soubesse quando nasceu e pudesse me dizer.

Ela, assombrada. O que é nascer? O que faz uma formiga além de picar folhas e levar ao fundo do formigueiro, servir à rainha, entrar nos açucareiros, mergulhar nos doces?

– Sabe o que é vida?

Ela fez que não.

– Morte?

Não.

Ele ia dizer mais alguma coisa quando percebeu que a formiguinha se imobilizou sobre a toalha branca. Inerte. Tinha se esgotado seu tempo. Era apenas um pontinho negro na alvura do linho. Não morrera, não sabia o que era morte. Do que precisava tanto?

A mão perdida
na caixa do correio

*F*orçou o envelope pela abertura, não entrou. A caixa devia estar cheia. Quem escreve tantas cartas? No seu círculo, ninguém. As pessoas preferem telefonar, mandar fax, e-mail. Sentar-se, escrever, dobrar, colocar no envelope, ir ao correio, comprar selos, colar são coisas antigas, dizem. Dão trabalho. Se a carta não entrava, deveria procurar outra caixa. Mas estava cansado, terminara o meio período mais atarefado da vida. Nunca vira tanta gente a requerer documentos e reconhecer firmas, muitas delas inexistentes, todavia o patrão obrigava a autenticar, ganhava uma fortuna com falsificações. E certidões e mais certidões de nascimento, necessárias para provar que viemos ao mundo, com hora, dia, mês e ano. Os papéis nos identificam.

Decidiu insistir, talvez ainda coubesse o seu envelope fino. Continha apenas um cupom. Era o último dia para postar, sonhava ganhar um home theater no concurso de uma revista. Todos acenam com prêmios, os jornais, as revistas, a televisão e o rádio. Lutava contra o tempo, o que valia era o carimbo do correio. Não ficaria tão ansioso se fosse um bilhete surpresa. Costumava escrever dois ou três por semana e enviar para desconhecidos apanhados por amostragem nos endereços que deixavam no cartório. Levavam perguntas ou afirmações que ele considerava intrigantes: O que significa a palavra adevão? Matemática: O que representavam as esferas perfuradas no sistema numérico dos sumérios? Adivinhação: O que é, o que é, que cai em pé e corre deitado? Joaquim Silvério dos Reis não traiu Tiradentes; foi o contrário. Por que o décimo terceiro apóstolo de Jesus não é citado nos testamentos? Quantos litros de xixi descarregamos em uma mijada? Quantos gramas de bosta cagamos de cada vez? Sabia que os fabricantes de fósforos estão roubando? Não existe nas caixas o número de palitos que anunciam no rótulo. Já contou? Quem determinou que um litro tem mil mililitros? Não se preocupa em saber que há 9.674 possibilidades em uma de que seu filho/pai/cunhado seja drogado, homossexual, ladrão ou santo? Lasanha de mortadela tem sabor para você? Existe razão para estarmos vivos?

Moscas esvoaçavam, zumbindo. Ratos corriam assustados para os bueiros entupidos, as águas da última enchente ainda estavam empoçadas nos buracos da rua. São Paulo fedia desde a inundação de dois dias atrás, sacos de lixo destroçados continuavam amontoados no meio-fio ou presos às grades dos edifícios. Ele forçou a tampa da caixa postal. Ficou assustado ao ver sua mão se soltar e cair dentro da caixa junto com o envelope. Não sentiu dor. Nem o mais leve comichão. A mão simplesmente se desprendeu, como se estivesse presa por parafusos frouxos. Se doesse, ele não estaria assombrado. Se houvesse sangue, teria ficado impressionado. O toco de braço mostrava artérias, veias, músculos e terminais de ossos limpos, secos. Pareciam microtomadas, nas quais se encaixavam os plugues da mão. Essas coisas acontecem em filmes sobre o futuro. Como se chamam esses sujeitos meio computadores, meio humanos? Não, tais pessoas não existem! E ele era normal, igual a todos, não tinha nada de diferente, nem gostaria de ser. Claro, estava dentro de um sonho. Nos sonhos não sentimos dor. Ao menos ele nunca se lembrava das dores dos sonhos. Angústias, sim. No entanto, nos sonhos jamais temos consciência de que estamos sonhando, vivemos o sonhar como sendo a realidade.

Era uma situação nova, inesperada. Culpa da segunda-feira, nem precisava pensar, um dia tenebroso. Há situações de que ouvimos falar, circunstâncias estranhas que acontecem com os outros e ficamos a pensar: O que faria se fosse comigo? A mão deixando o braço, sem sangue e sem dor, deslocando-se mansamente, era para deixar qualquer um desequilibrado, se fosse alguém certinho, preocupado com o normal na vida. E fascinaria um descolado, aberto para as eventualidades da vida. O dono do autoelétrico debaixo de sua casa usava sempre a palavra eventualidade, ao se referir aos problemas de um carro. O que ele era? Um certinho ou um descolado? Seria ele mesmo ou outro em seu lugar?

Precisava ouvir a própria voz, seu timbre era metálico, desagradável, nem ele a suportava, por isso falava pouco. Murmurou: 1, 2, 3, 4. Alô, alô, testando, alô. A voz se mostrava débil, devia ser o susto. Todavia, não tinha desaparecido. Respirou fundo e começou a cantar. Só vingança, vingança, vingança, eu não quero mais nada. Ainda ontem tinha assistido à peça *Somos Irmãs*, sobre as cantoras Linda e Dircinha Batista, e ficara impressionado. Dircinha, um dos maiores sucessos do rádio nos anos 40 e 50, tinha passado 15 anos segregada, sem deixar o apartamento. Aos poucos, a voz normalizou. As pessoas passavam, curiosas. Estariam surpresas com o cantar diante da caixa do correio, como se esta fosse um microfone ou reparavam em sua mão?

Que coisa! Logo comigo? Passou em revista, mentalmente, sua coleção de almanaques, jornais e revistas, livros e enciclopédias. Tinha acabado de comprar a *Enciclopédia do Inexplicável*, de Jerome Clark, e *O Estranho e o Extraordinário*, de Charles Berlitz. *Casos Malditos*, de Charles Fort, tinha sido o primeiro volume de uma coleção que ocupava toda a estante de seu quarto. Seu único bem. Seu conforto e companhia à noite. Detestava dormir cedo, recusara-se a comprar um vídeo. Não achava graça em filmes, uns eram realistas demais, outros fantasias infantis. Como acreditar que um homem possa não ser atingido por uma só bala da rajada de metralhadora, disparada a dez passos? Como acreditar que duas pessoas se encontrem e se amem e caminhem juntas pela vida? O que fazer quando dá vontade de cuspir ao beijar alguém?

A mão na caixa. Haveria nos recortes e livros uma explicação? Os papéis eram o seu repositório da perplexidade diante dos casos que aconteciam, todos os dias e todas as horas, no mundo:

Mulher enxerga pelos ouvidos
Coração do morto continua a bater
Jovem perde os braços, médico implanta asas
Homem voa com a energia do sol ao crepúsculo
Casa desaparece do terreno. Encontrada flutuando em cima de uma nuvem
Rato que fala se desentende com a barata assobiadora
Porca com 3 cabeças pariu leitão com 8 pernas
Mulher sem vagina e sem ânus comemora 35º aniversário
Político honesto concluiu mandato sem roubar um tostão
Automóvel conduziu-se sozinho quando motorista sofreu enfarte
Descoberto um homem que não usa celular

Repassou os fatos dos últimos meses. Nada sobre mãos em caixas de correio. Não se lembrava de ter lido sobre isso. Sim, era um homem diferente, um pioneiro. Pioneiros sofrem, são incompreendidos. Sonho. Recorreu, uma vez mais, à desculpa que todos dão quando se veem diante de um fato insólito: pesadelo. Com a mania que tinha de se levantar cedo, devia ter saído de casa sem estar acordado. Não um sonâmbulo. Uma pessoa não pode começar o dia sem estar cem por cento desperta, sem o domínio absoluto do corpo e da mente, sem o controle claro das ações. A maioria passa o dia assim, daí a nebulosidade do cotidiano, a sensação de que todos vivem semiadormecidos ou hipnotizados, trabalhando e vivendo sem emoções. É necessário acordar com muita calma, tinha aconselhado a vizinha, uma despertóloga. Continuar por cinco minutos de olhos fechados, espreguiçar-se três vezes e caminhar com lentidão do escuro para a luz, de modo a não ofender os olhos. Tão simples. Bastava voltar para casa, deitar-se e despertar de acordo.

Perder a mão. Ela podia ser decepada num acidente, amputada em uma máquina qualquer. Todavia, nunca se ouviu falar de alguém perdendo a mão na caixa do correio. Acontecendo, os jornais denunciariam, protestariam, diriam que está cada vez mais perigoso mandar cartas e cartões, pediriam sindicâncias e comissões parlamentares de inquérito, tão em moda, tão inúteis. Mãos se desatarraxando. Nunca se ouviu falar de mãos deixadas em restaurantes, feiras, bares, igrejas, salas de aulas, escritórios, banheiros, poltronas de cinema, balcões de loja, motéis, táxis. Aliás, não sabia que a mão podia soltar-se. Com o avanço da ciência existem coisas que desconhecemos sobre o nosso corpo. Vai ver, há partes que se destacam, só que nunca precisamos retirá-las, não há sentido nisso. Experimentou torcer a outra mão. Como? Precisava da mão que estava na caixa.

Descalçou, desajeitado, a meia e o sapato, fez força para retirar o pé. Firme, não desencaixava da perna. Os dedos. Puxou um a um, eles estalaram. Experimentou os joelhos, as orelhas. Tudo firme. Quem sabe em clínicas especializadas se possa retirar partes de nossos corpos, em casos de emergência. Somente médicos conhecem os procedimentos.

A cabeça. Tentou girá-la para a esquerda, depois para a direita. Parou, com medo. E se ela rolasse pelo chão? Estava trabalhando com apenas uma das mãos, sem prática. Imaginem a cabeça descendo pela rua, parando embaixo de um carro ou num bueiro. Seria engraçado. Como os olhos estão na cabeça ele se veria de fora. Deslumbrante. Um homem sem cabeça parado numa rua de São Paulo, àquela hora. Possível que ninguém se importasse. Coisas estranhas acontecem, todos pensariam em alguma campanha publicitária, em novos truques de mendicância, a cada dia surge um.

Considerou que viria a ser conhecido de duas maneiras:

Homem-cabeça
ou
Homem sem cabeça

Portanto, dois homens. Ficou orgulhoso, quantas pessoas podem dizer que são duas? Desmancha-prazeres alegariam: não seriam dois homens inteiros! O que importa é que seriam personalidades singulares. Ambos poderiam se apresentar na televisão. Há programas de todos os gêneros exibindo anormalidades físicas ou da alma, desvios de temperamento ou comportamento. Sairiam os dois, a cabeça e o tronco, pelo Brasil. Exibidos em feiras, quermesses, convenções, circos, igrejas, pavilhões, cinemas desativados, clubes, quadras, galpões, ou de casa em casa em festas particulares.

Um problema a ser resolvido. Sendo homem-cabeça, sem tronco, ou homem-tronco, sem cabeça, como se deslocaria? Teria de contratar uma equipe. Um agente, um assessor. Um auxiliar poderia carregar a cabeça numa bandeja coberta com um tecido, para não despertar curiosidade. Quem sabe em uma dessas cestinhas que conduzem gatos e cachorros? Há algumas sofisticadas. Que horror! Ser colocado numa cesta para gatos e cachorros. E se o ajudante, displicente, enfiasse a cabeça em um saco plástico, uma sacola de supermercado, embrulhasse em jornal? Papel de jornal de ontem cheira mal, a tinta mancharia seu rosto. Hoje, não se pode confiar.

O homem sem cabeça teria outro tipo de problema. Não enxergaria. Teria de admitir um ajudante, um cachorro-guia ou aprenderia a se orientar com a bengala branca de cegos. Para isso, precisaria fazer curso especializado, treinar muito. Também não pensaria. Muita gente não usa a cabeça para pensar, mas é outra questão. Pensar é bom. Ele gostava. Passava horas abstraído. Pensava tanto que a cabeça doía. Na infância, a mãe olhava para ele e ao vê-lo com o olhar imerso em pensamentos gritava: "Quem pensa muito, fica de miolo murcho. Esvazia a cabeça, menino. Quem pensa muito, vive pouco. Pensar enfraquece o nervo do olho".

De que adianta viver sem pensamento? Sem raciocínio? Pior, sem memória. Outra coisa que adorava: lembrar. Nem de longe queria supor que poderia ser o homem sem lembranças. Vivendo dia a dia, hora a hora. Instante a instante. A vida feita de fragmentos sem ligações. O que se passa agora deixa de ser presente, porém não se transforma em passado. Perde-se, sem memória para reter. O presente contém o passado e se autoelimina a cada instante tornando-se futuro. O que é, era, será. Em que momento o que é foi? Quando foi passa a ser? Quando o que está sendo torna-se será?

Ultimamente, dedicava-se a organizar a memória pela ordem, cada época em seu lugar. Tudo bem arquivado, um funcionário de cartório sabe trabalhar racionalmente. Estava em dificuldades apenas com situações a serem enviadas para o arquivo morto. O que é arquivo morto na memória de um homem? Como selecionar lembranças das quais queremos nos desfazer, mas que é melhor deixar à mão para uma eventualidade?

A ausência de cabeça impossibilitaria passar o dia inteiro sonhando, fantasiando. Perderia a imaginação. A menos que a ciência, ao estudar o homem sem cabeça, descubra, em alguma parte do organismo, um segundo cérebro atrofiado pela falta de uso e possa reativá-lo. Ou pesquisas mostrem outro órgão que possa exercer também as funções do cérebro, com pensamento e memória. Não o coração que já tem trabalho demais, físico e emocional. Eis outra questão científica-anatômica. Por que não temos dois corações, um para bombear o sangue e outro para suportar os abalos/alegrias emocionais e o estresse?

A tecnologia de ponta – quem sabe? – poderá dividir o cérebro do homem-cabeça, transplantando uma parte para o corpo do homem-sem-cabeça. Farão por partes, experimentando. Transplantando um segmento, ordenarão: Pense. Se ele conseguir pensar, a operação está correta. Outro pedacinho: Lembre-se. E assim por diante: Raciocine. Imagine. Emocione. Delire. Sonhe. A segmentação das partes terá de ser feita de maneira a que tanto a cabeça quanto o corpo sem cabeça ganhem em intensidades equilibradas de atividades.

Não, ele não estará vivo quando isso acontecer. E se todas as partes do corpo forem removíveis? De repente, solta-se a perna, o joelho, a coxa, a barriga. Que maravilha ser a cabeça e olhar pedaços do próprio corpo espalhados. E se todos tiverem essa possibilidade e se dedicarem a trocas? Quer uma perna por um braço? Gosto mais do seu braço. Quer um peito estufado? Essa não! Quem vai querer uma barriga como a sua? Leve minha cabeça, me empreste a sua, por uns dias. Não vá me perder a cabeça, por favor! Um goleiro alugará mais dois braços. Com quatro, nenhuma bola entra. Jogadores de basquete, tênis, vôlei, pianistas, lavadores de pratos, lutadores de boxe, bateristas de bandas, todos serão beneficiados pelos quatro braços. Crianças poderão tomar quatro sorvetes de uma só vez. Amantes terão mãos para todos os tipos de afagos. Para ler um livro ou cuidar de um bebê, que maravilha! Digitadores poderão alugar vários braços, trabalhando com diversos computadores. O bom será alugar outras cabeças, para não confundir trabalhos. Quem nunca usa a cabeça – e são tantos – poderão cedê-las para serviços beneficentes, exercendo utilidade pública. Um problema: assaltantes terão mais armas na mão, desvantagem para nós!

Uma pessoa com enxaqueca guardará a cabeça em um armário escuro e alugará outra para continuar a vida. Pessoas mais velhas, porém prevenidas, poderão manter uma cabeça suplementar jovem. Uma cabeça suplementar mais madura, se forem muito jovens. Uma cabeça jovem e uma mais velha, se forem maduras. Desse modo, o jovem ganha a experiência e a sabedoria do velho. O velho conserva a audácia e a disposição do jovem. O de meia-idade somará impetuosidade e acomodação, portanto um conceito completo de vida.

Haverá confusões. Gente que não sabe usar a cabeça. Uns dando cabeçadas com a cabeça dos outros. Jovens se comportando apenas como velhos. Velhos sendo crianças. Homens maduros portando-se como adolescentes. E ter quatro olhos? Poder ver televisão e jogar videogame. Com quatro pernas seria tetracampeão de skate. Quem tiraria a bola de um jogador com seis pernas, duas próprias e quatro alugadas?

– O senhor me dá licença?

Ele não ouviu, mergulhado nas fantasias. Era um de seus problemas no cartório. Estava fazendo um assentamento, batia os olhos em um nome e viajava. O que significava, como seria a pessoa, por que teria recebido esse nome, era feia, bonita, morena, amarela, magra? Teria pele de pêssego? Era a preocupação de sua mulher – quando viviam juntos – ter uma pele de pêssego. Comprava cremes e mais cremes.

– Pode me dar licença?

A voz irritada despertou-o, viu a mulher suada, com um perfume doce, desesperador, agitando um envelope roxo.

– Posso colocar a minha carta? Se não for perturbá-lo muito!

– Claro que pode. Mas não deve!

– E por que não?

– A caixa está engolindo mãos.

– Ora, faça-me o favor. Gozações logo de manhã, com esse calor, a chuva ameaçando? Quem garante que não vem outra inundação? Cada dia tem mais louco e ladrão em São Paulo, não dá pé!

Ele exibiu o braço. Podia-se ver as veias, músculos, nervos. Parecia uma gravura de livro de medicina. Tudo seco, sem sangue.

– Viu? Minha mão acaba de cair dentro da caixa.

– Só me faltava essa! O leite subiu, o pão diminuiu de tamanho, tive de comprar margarina em lugar de manteiga, me roubaram o vale transporte no ônibus. E me vem um sujeito fazendo gracinhas. Decerto quer me vender alguma coisa, tudo é marketing, marketing. Não! Não é meu dia!

– Olhe... a minha mão...

– A sua mão! O que me interessa a sua mão? Pensa que me pega?

– Com licença, com licença...

Um homem alto, aparentando trinta anos, bem--vestido pediu calma ao homem que tinha perdido a mão na caixa e à mulher suada. O tom de sua voz era enérgico.

– Não briguem! Não briguem, a solução está chegando.

– Solução para o quê?

A mulher suada era impaciente, coçava a ponta do queixo, onde parecia estar brotando uma espinha.

– Para a segunda-feira. Tudo é culpa da segunda-feira, um dia terrível, nada dá certo nele. Aceitem meu convite, venham para a reunião. Vamos debater o porquê da existência da segunda-feira. Vamos propor a sua extinção. Precisamos fazer um movimento nacional, que empolgue o povo, como o Diretas Já. Vamos para as ruas com as caras pintadas.

– Como? Acabar com a segunda-feira? O melhor dia da semana para mim? Nem pensar, nem pensar.

A mulher suada saiu resmungando, esqueceu-se de colocar a carta. O homem percebeu que deveria tomar uma providência urgente. Estava aturdido, recusava-se a pensar no assunto. Não é qualquer um que passa por uma situação dessas. Pensar que saíra de casa apenas para colocar uma carta no correio. Nem era carta importante, apenas o cupom semanal com a resposta correta sobre maionese, para concorrer aos prêmios. Viciado, recortava cupons de todos os jornais e revistas, gastava um bocado. Porque o sonho era concorrer, aparecer na tevê no domingo, ser visto pelo Brasil inteiro, recebendo um cheque e rindo com as gracinhas dos apresentadores.

Se participasse, na segunda-feira seria herói, poderia ganhar promoção. A primeira segunda-feira boa de sua vida. Reconheceriam a ótima publicidade para o cartório. O chefe voltaria a perceber que ele existia. Quando o primeiro computador chegou foi entregue a outro funcionário, um espertalhão sem prática de cartório, apenas bom digitador. O chefe ainda advertiu: "Se cuide você! Esses livros velhos e incômodos vão se acabar levando a tua raça junto. Ninguém mais escreve à mão". Tinha sido um dia triste. Não escrever à mão. Por que não se pode ter computadores e livros? E se faltar energia elétrica? Não tinha acabado de acontecer o blecaute no país inteiro? E se viesse outro, durasse semanas?

A caixa do correio ficava na esquina da rua Conselheiro Nébias com a Duque de Caxias. Ele tentou uma vez mais, experimentou a tampa inferior, não havia como abrir. Esperava ter sorte, estar malfechada, todo mundo anda tão displicente no trabalho, ninguém liga para nada. Ah! O canivete suíço, ganho da mulher. Muito útil, fazia de tudo. Podia arrebentar a tampa, só que as cartas cairiam, chamariam a atenção. Se passasse um carro de polícia ou alguém desconfiasse poderia ser preso por violar correspondência.

Ventava e uma poeira fina se erguia sobre os edifícios, mal se via a estação de trens Júlio Prestes. Ele ficou inquieto. Precisava enxergar o relógio da torre, sentia-se abandonado sem o mostrador, ainda que, daquela distância, não distinguisse as horas, com os olhos enfraquecidos pela poluição e pelo esforço de escrever no cartório. No entanto, o importante era sentir a presença do relógio, saber que estava marcando horas. Sem ver os ponteiros, tinha a sensação de que o tempo tinha se perdido, como a mão que caíra dentro da caixa. Tinha pavor de, um dia, as horas deixarem de existir e não se saber mais se o tempo estava parado ou continuava a passar. Ele gostava de sentir o tempo existir, era uma carícia sobre o seu corpo. Vê-lo agir sobre a pele, os dentes, os olhos, desgastando tudo devagar, era a certeza de estar vivo.

Os compradores de carros se espalhavam pelas ruas, erguendo as mãos para cada veículo que passava, como se estivessem chamando táxis. Pagamos à vista. O melhor preço. Pagamos em dinheiro, não em cheques. Decidiu caminhar, observando se alguém parava e vendia o carro, assim, no meio da rua. Um comprador estava sentado no meio-fio. Não dá, não dá mais, o jeito é assaltar, faz uma semana que não ganho uma comissão. Rodou pela Duque de Caxias, Guaianases, Santa Ifigênia, Gusmões, sentindo o cheiro dos cachimbinhos de crack, sorvidos gulosamente por mirrados meninos zumbis, arrastando-se com dificuldade ou deitados em portais.

Tudo o que era familiar – morava em cima de um autoelétrico frequentado por putas e traficantes na rua Vitória – parecia transformado. Objetos e placas perdiam o sentido, deparava com letreiros que pareciam novos, pessoas nas quais não prestava atenção. Lojas de autopeças exibiam para-choques cromados, silenciadores sofisticados, alarmes, vidros fumê, buzinas, câmbios com uma bola de plástico, contendo a efígie de uma apresentadora de televisão muito popular. Para que precisamos dessas coisas? Uma placa anunciava:

Blindagem total. Num assalto você pode perder mais do que o dinheiro, perde a vida.

A mão. Percebeu que tinha rodado horas, procurando se distrair com o impacto da perda. Era um estranhamento muito grande. Nem quando a mulher o tinha deixado para se juntar ao dono de uma locadora de vídeos tinha sentido tanto. "A vida com ele é mais excitante, todos os dias temos de ver filmes e mais filmes e ele sempre me diz: Para mim você é essa mulher. E cada dia sou Demi Moore, Julia Roberts, Sandra Bullock, Nicole Kidman. Depois de ver os filmes, cada dia faço um cabelo diferente para agradá-lo, o cabelo que a artista usa. Só tive problema naquele filme em que a Demi Moore aparece de cabelo curtinho, ela é um soldado... Você?... Você só pensa." A dor da separação, passado o tempo, suaviza. Restara dela a fotografia pregada na moldura do espelho do quarto. Havia várias fotos, alguns postais, bilhetes, ela grudava tudo ali, dizia que era um pouco de sua vida. Um dia, reencontrara uma foto dos tempos de solteira e ele ficara encantado. Ela estava nua, numa polaroide. Figura luminosa, o corpo enxuto, sensual, ainda que ela às vezes reclamasse, sem muita convicção, ao colocar uma saia mais justa, que precisava diminuir o traseiro, fazer lipoaspiração. Muitas vezes, diante do espelho, quando ela não estava em casa ele se demorava a contemplar a foto, cogitando: quem terá batido? Um amigo, uma amiga, um namorado? Quantos homens a teriam visto nua antes dele? Quando ela decidiu partir e avisou que era sem retorno, ele pediu: "Me deixe a foto". Era uma mulher cheia de malícia, expressa no riso espontâneo, algo misterioso, evocando coisas que ele não podia definir. Muitas vezes ele a via tomada por suave melancolia, dominada pela alergia que a fazia espirrar, em frente do espelho, observando-se na foto nua. Que recordações traria? Teria sido batida por um apaixonado? "Não pergunte, não lembro, acho que foi uma brincadeira, as amigas tiraram fotos umas das outras, nuas, comparávamos os corpos." O riso sutil, o sobressalto velado ocupando os olhos. Um riso provocante. A foto ficou. Ela, no fundo, gostou de deixá-la ali, confessou. Adorava ser lembrada. Todas as manhãs e todas as noites ele estaria diante do espelho, a adorá-la. Você é a minha oração de cada dia, ele disse. Podia ser uma ironia, uma verdade, era difícil saber se o que ele dizia era sério ou não, o que a deixava insegura. Pode ser que, por isso, ele não tivesse mais ninguém. Talvez não desejasse mesmo, ao menos enquanto aquela suave amargura o corroesse, ainda que cada dia mais leve, como um dente a latejar. Se quisesse, ali mesmo, na igreja pentecostal da avenida Rio Branco, que frequentava nas noites de quarta-feira, poderia encontrar uma companheira. Ele percebia os olhares quando entrava, sempre sozinho. Recebia sorrisos prometedores, ou comprometedores, talvez elas viessem ali para isso, encontrar Deus e uma companhia.

Outra vez os pensamentos o afastavam da mão. Precisava se concentrar. Voltou à esquina. Parado diante da caixa. Podia imaginar a mão em meio a correspondências. Era um consolo saber que tinha caído sobre um leito de envelopes macios. Sentiu uma pontada no estômago ao pensar como seria horrível a mão numa lixeira fechada, convivendo com porcarias. Restos de frutas, sorvetes, cigarros, sanduíches apodrecidos, vômitos. Nunca limpam as lixeiras, vivem fedendo. Sua mão teria nojo, era higiênica, exigia ser lavada sete vezes por dia. Ele vivia observando seus dedos longos, os riscos da vida na palma. Adorava a mão, talvez porque dependesse tanto dela. Sempre que apanhava na rua um desses folhetos que anunciam Madame Yolanda Lê a Sua Mão, corria, queria saber seu destino. Recusava tarôs e outros tipos de saber a sorte. Interessava-se pelas linhas da mão. Havia, sempre, nessas leituras um momento em que a cartomante parava, recusava-se a continuar. Alguma tragédia? Estaria profetizado o desaparecimento da mão na caixa? Cartomantes o faziam lembrar de *Manolita*, música que seu pai cantava muito, sucesso dos anos 40. As tias diziam que a canção dava azar, principalmente para os namorados. A vizinha do pai não tinha desmanchado o casamento na hora de ir para o altar? Tiveram de levar a mesa de doces para o asilo, nenhum convidado quis comer. Doce de casamento desfeito provoca azar amoroso a quatro gerações. Como os velhos do asilo não sabiam, ou não se importavam com isso, ou eram solitários e não tinham esperanças, comiam alegremente. Consta que rezavam para que os casamentos se desfizessem. Cartomante é ofício antigo, em vias de extinção. Agora, computadores ditam a sorte, analisam dados, fazem combinações astrológicas, preveem o futuro.

Novamente escapava. Tentava se esconder. Estava impotente. Tinha vergonha de perguntar a alguém: "O que faço? Minha mão acaba de cair na caixa!" Iam julgá--lo maluco. Nessa São Paulo de gente desconfiada, todos olham para os outros com receio, precisamos ter cuidado. Como aquele amigo que passa o tempo se autovigiando. Anda devagar, com muita atenção aos próprios gestos, veste-se sobriamente, não usa relógio nem correntes, só atravessa no sinal verde, mesmo com a rua deserta, pede por favor, diz obrigado, não xinga ninguém, não reclama, não protesta, abaixa a cabeça quando percebe que alguém está olhando para ele, não devolve mercadorias estragadas, não manda voltar o prato que o garçom trouxe errado, não critica. Não quer incomodar, tem horror. A mão, a mão! Se tivesse um único amigo a quem telefonar, pedir conselho.

De que adianta ficar olhando para essa caixa amarela, de plástico. "Nem tenho o olhar de raio X do super-homem." Em um canto do forro, conservava os gibis de infância, quando vendia bananas para poder comprá-los. Durante anos pensou que havia dois, o superboy e o super-homem e não entendia por que jamais apareciam juntos em uma aventura, formariam uma dupla invencível. Era adolescente quando percebeu a manobra, o superboy não passava do super-homem jovem. Ficou admirado. Fosse o super-homem, estouraria essa caixa devoradora, agarraria a mão e iria embora. Quem ousaria enfrentá-lo?

Não era o super. Não passava de um escrevente. Nem precisavam mais dele, ouvira dizer que ele devia pedir aposentadoria por invalidez. Imaginem, escrever nos livros. Os livrões de registros eram tão bonitos, davam seriedade ao cartório. Imensas prateleiras e aqueles livros de 55 centímetros de altura, negros, solenes. Talvez por isso se sentisse desajustado. Não há mais solenidades.

Em outros tempos teria ido à Agência Central dos Correios, entregando a carta no guichê, a funcionária venderia o selo, ele colaria, ela carimbaria e jogaria num cesto. Se, por acaso, sua mão caísse dentro do guichê, a funcionária devolveria. Espantada, mas devolveria. Pensaria numa brincadeira, há tantas pegadinhas na televisão. A menos que fosse colecionadora de mãos. "Duvido que existam." Pensou alto, o que fez com que duas morenas de coxas grossas e minissaias se voltassem, rindo com dentes brilhantes.

Quando o vento cessou e a chuvinha recomeçou, percebeu que estava com fome. Pelo relógio do despachante viu que eram cinco e meia da tarde. Havia uma pastelaria limpa na rua Vitória, ele caminhou, o braço sem mão dentro do bolso. Despertou a atenção de pivetes que o seguiram. Antes de chegar à pastelaria, sentiu a trombada, seu braço foi puxado, o menino mais velho enfiou a mão, não encontrou nada, ficou xingando. Parou quando viu o braço, assombrado com os ossos e músculos à vista, sem um pingo de sangue. "Onde comprou essa? Legal, tio! Boa pra pedir esmola."

Depois de dois pastéis especiais (ovo, carne, azeitona, tomate) e um suco de acerola, fruta da moda, ele sentiu-se melhor. Podia pensar, bolar um plano. Voltou à caixa e procurou indicações do horário de coleta. Não dava para ler, a caixa era velha, as informações desbotadas. E se telefonasse para o correio? Desistiu, tinha acabado de ler uma reportagem, o correio estava superlotado com a avalanche de cartas e cartões, os funcionários dobrando os turnos. Então, será que as pessoas estão mesmo escrevendo tanto e não sei? "Há quantos anos não recebo um cartão?" A mão e a caixa. Se não havia indicações de horário, o melhor seria sentar-se debaixo de uma pequena marquise e esperar até que a perua da coleta viesse. Não importa quando isso acontecesse. Se é que acontece. "Vai ver está cheia porque não recolhem nunca." Procurou um caixote no qual pudesse se sentar, sentia o corpo doendo, devia ser a tensão.

A mão continuava sem doer. Como entender o mundo crescendo à sua volta? Muita gente tem medo de coisas novas, pensou, incluindo-se entre os que tinham receios. Na verdade inovações chegam a ser interessantes. Se um dia pensasse que ia perder a mão teria entrado em pânico, depressão, suicídio. Um escrevente sem mãos? O último sonho que resta a quem perde a mão é tornar-se pirata. Em 1999? Sonhos de infância. Só se for pirata de filmes de vídeo ou de CD-ROMs. Enrolado em pensamentos agradáveis deixou a noite escoar. Lenta, como as noites de agonia. Chegou a madrugada e a coleta ainda não tinha aparecido. As portas todas fechadas, passavam carros da polícia, putas circulavam sem conseguir cliente, sem-teto ajeitavam-se nas portas. Seria considerado um sem-teto? Cabeceou, lutou contra o sono, despertou com o ruído de alguém fazendo xixi, era uma puta velha que ria e mijava na perna dele. Saltou, deu um safanão na mulher que cambaleou, bêbada. Sentou-se de novo e dormiu imediatamente, sem se importar com a calça molhada. Acordou com uma batida de porta. Entre-abriu os olhos, sonado. A perua amarela do correio estava partindo. Ele demorou alguns segundos para atinar, alvoroçado, que a coleta tinha acabado de ser feita.

Foi o bastante para despertar de vez, como se tivesse recebido um balde de água gelada na cara. A perua virou a esquina. Atônito, contemplou, na calçada oposta, quatro homens surrando um travesti caído. A solução seria ir à Agência Central dos Correios. Teria de esperar, no mínimo, até oito horas. A chuvinha recomeçara, o medo era que aumentasse, houvesse novas enchentes. Bares se abriam. Tomou um café aguado e doce, um pedaço de bolo amanhecido, contemplou sobre o balcão travessas com salsichas boiando em molhos amarelados, ovos empanados, coxas de frango gordurosas.

Entrou na Agência Central assim que as portas se abriram, seguido por uma multidão de office boys que transportavam grandes caixas e tomaram conta dos guichês. Eram as malas diretas de escritórios, empresas e bancos desovando milhares de cartas. Dirigia-se às informações, quando foi abordado por uma mulher que estendeu um papel almaço pautado.

— Pode assinar um manifesto para acabarmos definitivamente com a segunda-feira?

— Se tivesse mão para assinar, assinaria com prazer. Desculpe, tenho um problema grave a resolver.

— Perdeu a mão? Aposto que foi numa segunda-feira. O senhor nem pode imaginar o que acontece nesse dia. Meu marido está iniciando uma campanha para acabar com ela, de uma vez por todas! Só que as pessoas não acreditam. Acham que tem sacanagem nesse manifesto, que vamos tomar dinheiro.

— Puxa! Seu marido já falou comigo ontem. Vocês dois parecem formigas, estão por toda a parte!

— Nem queira saber! Minha vida agora é isso! Não sei se vou aguentar. Tudo por amor. Nem me reconheço. Preciso demais daquele homem...

— Está bem! Assino com a esquerda. Não vai sair perfeita, não sou canhoto. Bem que meu chefe dizia:

você tem de aprender a escrever com as duas mãos. Afinal é escrevente. Tinha razão o filhodaputa! Bem, essa assinatura nenhum cartório reconhece. Ora! Quem se importa com falsidades?

Procurou o guichê Encontrados. Fila grande, já àquela hora da manhã. "Puxa, como há gente que perde coisas em São Paulo." De olho numa moreninha que mascava chicletes com a boca aberta e piscava para todo mundo. Parecia conhecida no pedaço. Todos a cumprimentavam:

— Então, o que achou hoje, Mercedes?

Uma velha de cabelos loiros, cacheados, raízes pretas, walkman nos ouvidos, comentou irônica:

— Essa aí tem uma sorte! Encontra de tudo! Eu, hem? E o senhor?

— Perdi minha mão.

— Perdeu a mão? Nunca ouvi falar nisso. Era implante? Braço artificial, prótese? De vez em quando, a Marina, uma doceira vizinha, me diz: hoje perdi a mão, estraguei o bolo.

Ele chegou diante do guichê. O funcionário espirrava. Tinha um lenço verde na mão.

— Sim, sim, atchim, sim, atchim... posso ser útil?

— Perdi a mão.

— E por que vem ao correio? Perdeu aqui dentro?

— Numa caixa de coleta.

– Estava endereçada?

– Como endereçada?

– Tinha destinatário? Remetente? CEP correto?

– E por que eu iria colocar o CEP na mão?

– Está no Manual, doutor. Preciso fazer as perguntas. Atchim.

– Olha! Olhe bem para mim. Fui colocar a carta na caixa e a minha mão foi engolida.

– O que quer dizer? A mão foi engolida por quem? Tinha um bicho na caixa?

– Não, não tinha bicho. A mão caiu dentro.

– Deve ter feito uma porcaria, estragou a correspondência, o senhor, atchim, atchim, veio pagar pelos prejuízos, se responsabilizar. Então, errou de guichê, atchim. Como se apresentou voluntariamente, não será penalizado, posso ler no Manual. Atchim.

– Pare de espirrar, vai me passar uma gripe. E o que esse maldito Manual diz sobre mãos?

– Não há um codicilo específico, atchim. A menos que haja um apêndice que ainda não me enviaram.

– Pois vai achar um. Ou quebro tudo aqui.

Admirou-se com a própria explosão, era pacato. Talvez influência do cartório, do canto em que trabalhava, sempre escuro, todos diziam que era preciso reformar a casa, tudo cheirava a madeira velha, devia ter um ninho de cupins, eles estavam invadindo a cidade. O funcionário, nervoso, com o lenço verde cada vez mais úmido, folheava o Manual, virava as páginas até o fim, voltava. Espirrando, suando, o lenço era um nojo, as páginas do livro ficavam marcadas pelos dedos. O homem que perdeu a mão na caixa lembrou-se de *O Nome da Rosa*, o abade virando páginas contaminadas por veneno.

– Não tem... não existe nada assim... nada... sua mão não pode ter caído na caixa... não há precedentes...

– Mas ela caiu naquela bosta e quero-a de volta.

– Está se queixando de nossas caixas? Ah, é isso! Uma queixa. Nossas caixas são modernas, seguem padrões internacionais. Belo desenho. Do italiano Atilio Baschera, muito bom, ganhou um concurso internacional. Recebemos folhetos sobre ela, são para distribuir, se o senhor esperar...

– Esperar! Que esperar? Quero a minha mão. Tirem minha mão da maldita caixa.

– É queixa, tenho certeza, é outro guichê...

– A minha mão. Devolvam a mão!

– Pensa que pode vir aqui, mandar abrir as caixas, retirar o que quiser? Tem aviso da repartição? Sem aviso não se retira nada. Atchim.

– Aqui é Encontrados. Perdi, vim ver se o coletor encontrou.

– Tem de provar que a mão é sua.

– Como provo?

– Terá de passar pelo guichê de Identificações.

Parecia ter descoberto a fórmula para se livrar do assunto, passou a espirrar menos.

– Guichê de Identificações. Provar que a mão é minha? Mão tem registro, identidade?

– As impressões digitais. Temos de compará-las.

Feliz por ter encontrado a maneira de retirar o sujeito da frente, enfiou o lenço úmido no bolso. O nariz era uma batata.

– Comparar, está aí. Traga um documento de identidade que tenha suas impressões. Aqui confirmamos. Vamos em busca de sua mão. Ou daquela que o senhor diz que é sua. Não podemos aceitar afirmações. Se cada um tiver a sua afirmação, como descobrir a verdade? O que é verdade? Não sei, e olhe que trabalho neste guichê há 29 anos e jamais soube o que ela é. Tem gente que acha o que não perdeu. Que perde o que não achou. Que não encontra nunca mais tudo o que perdeu. Difícil trabalhar, mesmo com a ajuda dos manuais, que são perfeitos, conduzem com segurança. Não posso trabalhar sem eles.

– Identidade? Está aqui! Compare!

– Com o quê?

– Com a mão.

– E onde está a mão?

– Na caixa?

– E a caixa?

– Na esquina das ruas Conselheiro Nébias e Duque de Caxias.

– Está bem na esquina? Ou está mais para a Conselheiro e menos para a Duque?

– Na esquina, parece.

– Parece? Não, não é assim! Traga informações exatas. Porque os computadores necessitam ser alimentados com dados pertinentes. Verifique a distância que a caixa se encontra da esquina. Porque há as caixas das esquinas, as caixas das ruas, das avenidas, das praças, dos becos, das ruas sem saída, das travessas, alamedas, artérias, sendas, trilhos, veredas, estradas, caminhos, atalhos. Vou te dizer que há mais de 214 caixas em locais desconhecidos! Alargaram ruas, mudaram sinalização, trocaram nomes. Vereadores vivem trocando nomes. Muitos ganham bola para isso. Para achar tais caixas é preciso investigar quem é a pessoa que dá nome à rua, pesquisar de que vereador ela é parente, amigo, ir atrás do vereador, pedir os requerimentos que modificaram os nomes. Estão nomeando agora os fiscais que terão a incumbência de achar caixas postais desaparecidas. Espero que a sua mão não esteja dentro de uma delas.

– O carro de coleta passou lá, retirou a correspondência, a caixa existe.

Na longa fila que se formou as pessoas começaram a se impacientar, o tumulto cresceu. "O que há? Que assunto é esse que não acaba mais? Se perdeu, perdeu, se encontrou, encontrou! Duas comadres conversando? Acham que temos o dia inteiro?" Cada um protestava à sua maneira. O funcionário do lenço verde, úmido de catarro exclamou:

– Seu tempo se esgotou. Dirija-se ao guichê Informantes.

– De lá me mandaram aqui.

– Pois vá à Expedição, no Chora Menino. Só a selecionadora pode resolver casos como o seu. Se deixarem, o senhor vai à Seleção de Correspondência. Na Seleção vão constatar que mão não é carta, volume, despacho expresso, e consultarão a chefia. Os computadores da selecionadora são perfeitos, acabaram de chegar do Japão. Já foram adaptados para o alfabeto, os olhos, usos e costumes brasileiros.

Os protestos recomeçaram. "Funcionário público é assim! Ninguém quer trabalhar, fazer nada. Estão trocando receitas as tiazinhas?" O homem do lenço verde não dera mais um espirro, porém seu nariz continuava vermelho.

– Não sabem que não sou funcionário público. Ganho por pessoa atendida e o senhor me tomou o triplo do tempo, preciso pedir extra, quero saber como recorrer. Pode assinar este papel, confirmando o tempo de consulta? Incomoda-se que eu acrescente quinze minutos a mais? Para o senhor não faz diferença!

No Chora Menino, a Expedição. Edifício enorme, imitando caixa para despachos expressos, nas cores dos Correios. As janelas imitavam carimbos redondos. Ele deu voltas, até encontrar a portinhola de ferro ondulado.

PROIBIDO ENTRAR – SEGURANÇA POSTAL

Procurou a campainha. Bateu na porta com o canivete suíço, único presente que conservava da mulher além da fotografia nua. Seria para uma revista? Sempre o intrigara quem teria tirado aquela foto. Ela nada dissera, era um enigma entre eles. Agrada pensar que jamais conhecemos as pessoas, por mais que se viva junto. Continuar a tentar descobrir ao longo da vida. Pena que tivessem tido tão pouco tempo. "Será que sou chato? Bem que ela reclamava de minha monotonia, a vida precisa ser agitada." Lembrando a foto nem percebeu que a porta estava aberta.

– O que quer?

– Saber de minha mão que caiu numa caixa postal.

– Aqui não entra ninguém.

– Não sou ninguém.

– A menos que pertença à Pesquisa Sigilosa.

– Sou. Deu para notar?

– Pode se identificar?

– Como? Sou da Pesquisa Sigilosa. Identifique-se você. Isso sim!

Pelo sim, pelo não, o homem conduziu-o a outro chefe, muito à vontade no seu mundo em que cartas se entrecruzavam em direções opostas, chegando e partindo. Da sala, janelões de vidro deixavam entrever esteiras repletas de envelopes de todos os tipos e cores e formatos.

– Não é uma beleza? Sabe o meu sonho?

– Não. Como posso saber? Acabei de conhecer o senhor, nem dissemos bom dia.

– Queria ler essas cartas! Todas. Saber o que as pessoas dizem umas para as outras. Acha que eu conseguiria entender o mundo? Fico assustado com o que está acontecendo, vai ver tem gente explicando o que se passa. Ah, se eu pudesse abrir as cartas. É uma angústia muito grande esse trabalho. Ver os envelopes, devem conter segredos, sou louco por segredos.

– Poético, muito poético! Mas não vim aqui ouvir poesias nem filosofias. Vim buscar a mão.

– A mão? O que significa?

O chefe, que ansiava por conhecer os segredos da vida, refletiu: "Ele quer a mão. O que quer dizer isso? Não posso demonstrar ignorância. Devo consultar o Guia, sem que ele perceba. Ou as Regras Complementares. Ou Como Agir Diante de Desconhecidos que Podem ter um Cargo Mais Alto do Que o Meu. Ou O Que Fazer Diante de Pessoas Que Solicitam Coisas Insólitas". Aturdido, pensava numa solução. Tinha de ganhar tempo.

– A mão! Claro.

– É aqui?

– Sim. Pode ser, depende do tipo de mão. E como ela é? Me dê referenciais.

– Igual a essa aqui.

"Que código será? Igual a essa aqui? Ele não tem uma das mãos. Não é um humano. Não está fácil trabalhar na expedição e recepção. Cada dia tem um caso. Antigamente era cômodo, apanhava-se a carta, olhava-se o destinatário, o endereço, mandava entregar. Se não se encontrava o destinatário, a carta ia para Extraviados, ficava um tempo, era incinerada. Quantas cartas extraviadas ele tinha lido, quando os envelopes amarelavam e não havia mais esperanças de se encontrar o destinatário! Quantas coisas soubera que os destinatários jamais saberiam. Quanta gente ficara sem informações que mudariam a vida delas. O que teriam feito? Quantas cartas de pessoas anunciando que iam se matar. Teriam se suicidado mesmo ou apenas ameaçavam, faziam chantagem sentimental? Outras eram declarações de amor, pedidos de casamento. Muitas vezes tinha procurado nos anúncios fúnebres os nomes daqueles que diziam que nada mais restava, não havia esperança. Ele conhecia, através das cartas extraviadas, quanta desilusão, desesperança, frustração, incompreensão existem nas vidas. Por que as pessoas escrevem tão poucas coisas alegres e felizes?"

– Pode me descrever a mão?

– Tem palma, dedos, unhas. Na palma estão as linhas de minha vida, não gostaria de perdê-las.

"Dedos e unhas, linhas da vida. Outros códigos. Hoje perco o emprego. Alguém sabe que eu lia cartas extraviadas? Só que isso não é crime. Deve haver uma luz no Guia Sete: Especificações Para Correspondência de Cidadãos Normais. Será esse um cidadão normal? Por que mantém a mão dentro do bolso? Será um defeito? Se perguntasse a ele, qualquer resposta teria de ser considerada sob dois aspectos, segundo orientações do Tratado de Comunicações com o Grande

Público, os Funcionários Excepcionais e os Privilegiados das Estatais, os Considerados das Privatizações. São tantas as ramificações, segmentos, setores, classificações que uma pessoa fica aturdida. Ainda mais que as normas para uns não valem para outros, elas se contradizem, é necessário muita argúcia para não aplicar em uma categoria os regulamentos de outra. Os dois aspectos de uma resposta são: Sim, é verdade. Não, é mentira. Ou invertendo: Não, é verdade. Sim, é mentira. As primeiras edições dos guias tinham vindo com erros de revisão, vírgulas sumiram, foi uma confusão: Não é verdade. Sim é mentira."

"Dedos e unhas. 'Meu Deus! Estou perdido. E agora?' Certamente enviaram esse homem para testá-lo. Era assim, tentavam flagrar um funcionário à beira da aposentadoria, para demitir por justa causa, não pagando direitos trabalhistas. Porém os direitos são pagos, os advogados forjam procurações e recebem as indenizações em nome de terceiros. Tudo bem armado, ele conhece. Agora, estava prestes a cair na armadilha, todos montam falcatruas, estabelecem maroteiras. Se a perspectiva de se aposentar o apavorava, imagine ir para a rua com as mãos abanando? Muitas vezes sonhava com as filas da Previdência Social no inverno, debaixo de chuva. Num dos pesadelos, quando as portas da repartição se abriam, todos estavam transformados em estátuas de gelo. Outra noite, quando as portas se abriram, não havia ninguém para atender. Eram mesas e guichês vazios e portas que davam para lugar nenhum, enquanto das caixas vinha o som de gargalhadas zombeteiras. Ele tinha certeza, era o seu momento final, com a vinda desse homem sem mão. Como se as caixas do correio pudessem devorar mãos e cabeças."

— A mão... O senhor perdeu na caixa?

— Perdi.

— A direita ou a esquerda?

— A direita.

— Tem algum sinal característico de nascença, uma cicatriz, falta um dedo, uma unha?

— Não.

— Se o senhor me descrever as linhas da vida, vai facilitar.

— As linhas da vida... ah, aquelas linhas.

Lembrou-se das cartomantes silenciando ao contemplarem a palma de sua mão.

— Por acaso, tem uma fotografia em que apareça a mão?

— Tenho.

Uma foto tirada no cartório, quando houve a comemoração dos 50 anos de fundação. Poucos funcionários, ele estava com as mãos postas sobre a barriga. Ficava sem jeito para aparecer em fotografias. Não era como a mulher, tão à vontade, tão doce.

— Pode trazê-la? Vai ajudar. Vou avisar todos os departamentos.

— Se acham na caixa, ela vem para cá?

— Com certeza! Me dê alguns dias.

– Não pode verificar agora? Daqui a alguns dias ela apodrece, enruga, fica necrosada. Dê um grito, chame um funcionário, avise pelo telefone interno...

– Tudo tem um tempo, é preciso verificar procedimentos. Não fique exaltado...

– Diz isso porque tem as duas mãos. Só quero a minha. Rápido!

– Terá de ser separada das cartas.

– Mão é diferente, alguém já deve ter encontrado.

– Tudo o que não tem destinatário volta ao remetente.

– Não tem destinatário, selo, remetente, nada. Tanto trabalho por causa de uma mão. Culpa dessas caixas que vocês utilizam. Veja qual viatura coletou a correspondência na Conselheiro Nébias com a Duque de Caxias, e peça a minha mão.

– Não é assim, não! Aqui tem ordem, é preciso um processo regulamentar. Tudo o que entra é sigiloso, passou daquela porta está protegido pela Segurança Nacional, nenhum estranho pode ver, quem dirá tocar, retirar. A não ser que venham ordens do Pequeno Grupo.

– Pequeno Grupo? Que língua o senhor fala?

Então, ele teve uma súbita luz. As coisas funcionavam de outra maneira. Como não tinha pensado nisso antes?

– Me diga... Se eu pagar uma cerveja... Ou um uísque... O que acha? Pode facilitar?

– Se pagar no bar, sem que eu veja o dinheiro, pode ser. Fico de costas, o senhor paga.

"Ele está me testando. De qualquer modo, não posso aceitar cervejas, ou qualquer outra coisa, seja em dinheiro ou em cervejas ou uísque. Tais casos devem ser encaminhados ao Departamento de Aceitação que direcionará a propina para a seção Privilegiados. São cargos políticos. As pessoas chegam nomeadas. Parentes, filhos, irmãos, mulheres, cunhadas, sogras, genros, noras, protegidos. Nem conhecemos tais funcionários. Comissionados, são invisíveis. Se há uma pessoa disposta a dar uma gorjeta, temos instruções de encaminhar para lá. Que dia, hoje! Por que comigo? Será vingança de alguém? Tudo é vingança no mundo. Precisam do meu posto? Fui denunciado por um despeitado? Nunca me arrisquei, para não perder o cargo. Então, chega uma hora, o buraco se abre e nos engole. Catapum."

– O senhor é casado?

– Não.

– Tem família?

– Não.

– Filhos, parentes, cunhados, sogros?

– Vivo sozinho, solteiro.

– Amigos?

– Quem tem amigos hoje?

– Comunicou à sua mulher, filhos, que viria aqui?

– Não sou casado, já disse.

– Falou com sua namorada?

– Não tenho. Tudo o que sobrou dos meus amores foi uma fotografia no espelho. – Devia dizer que a mulher estava nua e era linda? E se ela o visse sem mão? Teria nojo? Medo?

– Disse no emprego que viria aqui?

– Nada.

– Fez amizades na fila?

– Nenhuma.

– Posso ver sua identidade?

Ele a entregou. O homem disse: "me acompanhe". Subiram a escada, deram a volta pelo corredor, entraram no elevador panorâmico. Dentro de tubos de acrílico transparente, milhares – ou milhões? – de cartas revoluteavam, agitadas por um sistema de ar comprimido. Atravessaram o salão onde se empilhavam cartas empacotadas em plástico. Depois vieram salas repletas de sacos, caixas, caixinhas, pacotilhos, e uma outra com envelopes, de todos os tamanhos, os mais diferentes, espalhados pelo chão, denotando organização. Chegaram a uma pequena sala na penumbra. O funcionário ordenou: "Me dê um minuto". Saiu, demorou. Voltou sem que o homem que tinha perdido a mão percebesse. Chegou pelas costas – havia uma porta secreta ou algo assim? Rapidamente, passou pelo pescoço do homem sem mão uma cordinha de fechar fardos. Estrangulou-o e manteve o arrocho bastante tempo, até certificar-se de que o outro estava morto. Envolveu o corpo num saco plástico, grosso, jogou-o dentro de uma embalagem de lona, onde estava escrito em letras vermelhas:

CORRESPONDÊNCIA EXTRAVIADA

Deixou no canto. Mais tarde, os caminhões viriam buscar os sacos para incinerar. Desapareceriam no fogo coisas perdidas, desabafos, declarações de amor, desejos de boas festas, cumprimentos, lamentos, desesperos. Cartas para gente que se mudou, fugiu, gente que deu endereço errado ou falso, pessoas que perdiam a mão nas caixas. Dirigidas para ruas erradas ou que não existiam.

A mão surgiu no meio da correspondência recolhida na caixa da esquina da Conselheiro Nébias com a Duque de Caxias. Caiu dentro do Selecionador que travou. Estava sem CEP, destinatário, remetente. Uma funcionária viu, espantou-se, mas recolheu-a e guardou no bolso do jaleco. "O que fazer com ela? De quem será? Que engraçado! De carne e osso, mesmo. Limpinha. Se vierem reclamar posso ganhar uma boa gorjeta. Pelo sim, pelo não." Levou-a para casa no final do expediente. Depois de jantar, ligou a televisão para ver a novela. Lembrou-se. Apanhou a mão, foi ao quintal, jogou para o cachorro.

O homem que
odiava a segunda-feira

O despertador musical acordou-o com Doris Day cantando *Que será, será*, sucesso dos anos 60, quando ele era um jovem de 25 anos. A música está no filme de Hitchcock, *O Homem Que Sabia Demais*, e seu início se passa em um Marrocos produzido nos estúdios. Um país falso, porém convincente. Quem se importa? O real é tão imaginário que o falso se torna verdadeiro.

Ele não travou o despertador. Ficou olhando para o teto, contemplando os desenhos que a luz do sol produzia, atravessando as venezianas de madeira. Sempre tinha sido apaixonado por Doris Day, pela sua voz límpida, podia entender cada palavra que ela dizia. Onde estará Doris, quantos anos terá? Durante décadas fez o papel de virgem e, mesmo sabendo que era mentira, todos acreditavam. Porque quando a gente quer acreditar, a maior mentira torna-se verdade.

Remoía pensamentos incompletos e superficiais porque era um cinéfilo inveterado. Tinha começado criança, comprando balas Fruna, que traziam figurinhas de artistas, depois colecionara *Cinelândia* e

Filmelândia, passara aos *Cahiers du Cinema, Sight and Sound, Film Review.* Ah, a boa fase dos *Cahiers* com suas capas amarelas, falando de Godard, Truffaut, Chabrol, Doniol Valcroze, Demy, Malle, Belmondo, Trintignant, Moreau, Albicocco, Resnais, Brocca, Delphine Seyrig, Varda, Anna Karina, Jean Seberg, Marie Laforêt, ah, os olhos de ouro da Laforêt. Pensava intensamente para fugir de sua tragédia: saber que era segunda-feira.

As segundas-feiras existiam a atemorizá-lo, deixando-o tenso, com suores e calafrios, dores nos músculos, visão embaçada e uma nevralgia que paralisava o lado direito do rosto. Ainda na cama sentia tonturas, cãibras, rolava insone. Os sintomas se iniciavam no domingo à noite, ao ouvir a música do *Fantástico,* subindo das televisões de todos os apartamentos, ou quando Silvio Santos passava a gritar: Quem quer dinheiro? Significava o fim do final da semana. E o início da dolorosa peregrinação noturna ao encontro da segunda-feira.

Quando teve os primeiros sintomas, a família ficou alarmada. Como não conseguiu nenhum médico acordado às sete da manhã, foi ao pronto-socorro, mas a fila era tão grande que, ao ser atendido, três horas mais tarde, sentia-se melhor. O médico (Ou teria sido um enfermeiro?) examinou-o apressado, receitou analgésicos e indicou a farmácia: Compre nessa! Quando o dia terminou, ele passava bem e creditou ao analgésico. Na próxima semana, os mesmos sintomas. Assim sucessivamente, até que a mulher intuiu: "Isso é coisa da segunda-feira! Você precisa é de um psicólogo". O cunhado foi taxativo: "Preguiça, nada mais!"

Injustiça, ele era capaz de trabalhar no sábado, domingo, nos feriados, a noite inteira, se preciso. Todavia, a segunda-feira era fatal. No domingo, quando entravam os letreiros dos últimos programas de televisão, ele se via dominado pela inquietação. O psicólogo, porque afinal, para satisfazer a mulher, consultara um, recomendara: "Pense em outras coisas. Esqueça o dia, faça um grande jantar, vá ao cinema na sessão das 10, apanhe um filme longo na locadora". Tinha aconselhado: *Cleópatra, O Chefão, My Fair Lady, Lawrence da Arábia, Dr. Jivago, Era Uma Vez na América, Berlim Alexander Platz* (com quatorze horas de duração, poderia ser assistido em três domingos, quatro horas e meia por domingo), *A Lista de Schindler, Titanic, A Noviça Rebelde, Napoleão, E o Vento Levou..., Assim Caminha a Humanidade.*

Não adiantava. Quando ele percebia que o filme tinha passado da metade e o domingo estava terminando, a ansiedade o dominava, a febre recomeçava insinuante, ele acabava desligando o vídeo. Um amigo recomendou:

– Apanhe sua mulher. Vá para um motel. Passe a noite na farra, vai cair de cansado, esquecer o medo.

– A minha mulher num motel?

– Por que não?

– E se alguém nos vê entrando? O que vai pensar? Que ela é puta? Minha amante?

– Você, com esses problemas? Está mal, muito mal, mesmo! Você? Que foi o que bem sei? Convide tua mulher. Vai se surpreender. Ela pode te revelar coisas surpreendentes. Motéis viram a cabeça das mulheres sérias. Tua mulher é séria, não é?

– Claro.

– Não gostaria que ela, por uns momentos, não fosse?

Não se pode dizer que ele não tentou reagir. Porém, no domingo, mal o lanche da noite começava, ele olhava para o relógio. Oito horas, daqui a quatro será segunda-feira. Seus olhos se enchiam de lágrimas, o coração apertava, a comida perdia o gosto. A mulher tentara embriagá-lo, queria que ele tomasse tranquilizantes. Ele recusava, alegando que precisava se enfrentar de cara limpa. Foi se enchendo de um ódio cada vez maior pela segunda-feira, desenvolveu alergias, acordava com inchaços nas juntas, nariz escorrendo, olhos empapuçados. Os dentes doíam, vinha uma tosse seca e persistente que terminava somente na terça-feira.

Cada vez, um sintoma. Comparado ao que ganhava, gastava uma fortuna em médicos. Os convênios recusavam pagar, alegavam que eram doenças congênitas. No emprego, deram uma alternativa. Ele não trabalharia na segunda-feira, faria plantão no final de semana. No entanto, no dia do plantão, ele tomava consciência de que aquele dia estava substituindo a segunda-feira, portanto equivalia a uma segunda-feira. Correspondia a uma. Foi levado a centros espíritas, terreiros de macumba, tarólogos, astrólogos, médicos ortomoleculares, cultos carismáticos, invocadores de anjos da guarda, jogadores de búzios. Nenhum efeito.

Um médico não ortodoxo, depois de pedir 1.111 exames de sangue, comunicou que, segundo revistas científicas tailandesas, ele era portador do Monday-Monday, vírus raro, e que não havia ainda medicamentos ou vacinas. As pesquisas eram recentes. O vírus vinha se espalhando no planeta globalizado. O que posso fazer? Ele indagava ansioso, irritado com aquele sofrimento semanal. Imaginou como as mulheres, todos os meses, suportavam as regras, a tensão pré-menstrual, as dores das cólicas. Santas mulheres, reverenciou.

Uma tarde, pensou com limpidez: a causa existe, está diagnosticada. A solução é acabar com a segunda--feira. Eliminá-la do calendário. Somente assim o mundo será salvo dessa epidemia que chega com força mil vezes superior à da gripe espanhola, a peste negra, a aids, a paixão pelo esoterismo, o culto da autoajuda. A princípio, foi apenas uma ideia lançada pelo dono da padaria da esquina, sempre dado a palpites: "Se a segunda-feira lhe faz mal, fuja dela, acabe com ela, pois". Havia um tom de blague. No entanto, nosso homem tinha perdido a capacidade de perceber brincadeiras. Acabar com a segunda-feira! É isso! De uma vez por todas. Mas como? Quem pode mudar esse estado de coisas? É uma convenção tão arraigada no mundo. O dia maldito existe por toda a parte, todos os países, até nos conventos, nas clausuras, nas prisões, nos polos norte e sul, no meio do deserto, entre os esquimós. Existirá entre os índios caiapós? Monday, montag, lundi, lunedi, lunes. O dia desgraçado foi celebrado em uma canção dos Beatles.

Em uma segunda-feira de março, nosso homem foi tomado por calafrios intensos e pediu cobertas. Trouxeram edredons e mantas. Ele batia os dentes, um pivô soltou-se, suava, percebia o corpo esfriando, esquentando. Depois, adormeceu, tranquilo. Ao acordar, a mulher velava à cabeceira, inquieta, sem saber se chamava o médico. Ele levantou-se, num só movimento, como um acrobata que acaba de realizar um exercício e vai agradecer ao público. Comunicou:

– De nada adianta eliminar sintomas, se a origem da moléstia persiste. Portanto, meu caso é fácil. Minha doença é a segunda-feira. Cancelando-a, tudo estará resolvido.

– Parece coisa de louco.

– Acha?

– A falta de sono e o cansaço te deixam estressado. É assim, desde que nos casamos. Pensou? Se você elimina a segunda-feira, a terça se transforma em segunda, é o segundo dia da semana. E o domingo será o primeiro.

– Está certo.

– O domingo não pode ser o primeiro! Nunca!

– Quem disse?

– Está na Bíblia, o Senhor descansou no sétimo dia. O domingo.

– A segunda não é o primeiro porque se chama segunda-feira. Domingo é o primeiro dia.

– Quer me confundir?

– Se o domingo é o sétimo e em seguida vem a segunda-feira, onde está o primeiro dia? O primeiro não existe! Alguém, em algum momento, eliminou o primeiro dia. Tenho de pesquisar. Se o primeiro dia foi eliminado, podemos cancelar também o segundo.

– Não me saia por aí com bobagens. Te conheço, não é a primeira vez que se fixa em uma besteira!

– Não começa... Você é inteligente, pense! Se não existe o primeiro dia, falta um dia na semana. Segunda, terça, quarta, quinta, sexta, sábado, domingo. Se este é o último, onde ficou o primeiro?

– E se quando a semana foi criada, o primeiro não existia e o segundo era primeiro? As palavras podem ter variado de significado em séculos.

– E quem conhece a história da semana? Quando nasceu, quem teve a ideia, quem montou a ordem dos dias? Quem garante que não tinha oito dias em vez de sete?

A mulher era pessoa razoável, ex-publicitária que tinha abandonado a carreira quando percebeu que odiava os produtos para os quais tinha de criar campanhas. Começara na tarde em que redigia uma frase para despertar o apetite das pessoas com um suculento molho de tomate. Seus dedos incharam quando digitava a frase e quanto mais elogiava o horrendo molho em lata, mais a mão engrossava, a ponto de não distinguir os dedos. Deu um basta, escreveu com tipos enormes: *O molho é uma merda*. Tirou uma cópia, enviou ao diretor de criação, apanhou a bolsa e se foi. Ao deixar o edifício da agência, a mão tinha voltado ao normal.

– Vamos admitir! Você está certo! Baseado em que se pode eliminar a segunda-feira?

– No ódio que todos têm dela. Nas alergias que provoca. Nas neuroses, traumas, paranoias. Metade da violência e da ansiedade do país acabaria com o fim das segundas-feiras.

– E os transtornos? A segunda-feira é o reinício, o dia em que tudo se abre, bancos e repartições e supermercados funcionam, a cidade se normaliza. É quando as pessoas se organizam. Dependesse de mim, eu acabaria com o final da noite de domingo.

– Sabe por quê? É nela que a ansiedade da segunda-feira se instala.

Ela o conhecia há dezessete anos. Sabia que a ideia não seria abandonada. Ele iria até o fim. Perdera dez empregos por causa de coisas assim, metia-se em situações esdrúxulas. Era uma palavra esquisita essa, tinha usado uma vez em uma campanha e o cliente ficara revoltado.

– Não me venha com essa! Falei por falar. A noite de domingo é um pé no saco!

– Estou esclerosado? Pior do que pensava? Além do que sofro, tenho de passar por mais essa? A incompreensão em minha casa?

– Quero apenas evitar dissabores! Chega os problemas que você vem encontrando.

Ela adorava a palavra dissabores. Agora, parecia mais preocupada. Eliminar a segunda-feira é uma ideia que passa somente pela cabeça de um desequilibrado.

– Hoje não vou trabalhar. Vou procurar em meus livros se existe alguma possibilidade de eliminar a segunda-feira.

– Livros? Você não tem nenhum livro sobre o assunto!

– Verdade... Vou pesquisar em alguma parte.

Passou o dia ligando para advogados especialistas em códigos, queria saber se existia uma lei instituindo a segunda-feira. Se houvesse a lei, então o caminho seria longo. Não o atendiam, queriam marcar hora, entrevista, as consultas deviam ser pagas. Por acaso, um funcionário afirmou que a lei sobre a segunda-feira existia, era preciso pagar as buscas.

Existia! Então, teria de procurar um deputado, explicar o caso, convencê-lo a aderir à causa. Há coisas que convencem políticos: receber um bom suborno, ganhar votos com suas leis, obter publicidade favorável ou aprovar algo que traga benefícios financeiros para uma categoria, recebendo dos lobbies polpudas quantias ou promessas de financiamento de campanhas. Alegrou-se. Esta seria uma causa extremamente popular. Todos votariam em um homem propondo a extinção da segunda-feira.

Ele passou o dia excitado, procurando localizar um deputado federal na cidade. Nas sedes dos partidos asseguravam: "Vai ser difícil, todos estão em Brasília, trabalham muito, começam cedo, vão até altas horas da noite. Só se o senhor for a Brasília!". Percebeu, todavia, que não o desestimulavam, ao contrário, forneciam até o telefone dos parlamentares na capital. Desilusão! Números ocupados permanentemente. Ou eram atendidos por uma secretária que passava para a Assessora Um, que religava para o Assessor Dois, que transferia para o Assessor Três. Um dia, por engano, ligaram para a Amante Principal. Educado, discreto, ele pediu desculpas. E rodou até bater na autoridade máxima, o Chefe de Gabinete. Pessoa apressada, ríspida, comandante de um reino.

E ele respondeu a mesma coisa: "Desculpe-me senhor o Assessor Para os Dias do Ano que é quem movimenta o calendário de sua excelência não está na sala foi ao plenário assessorar nosso líder em importantes debates que ocorrem agora. Ligue na próxima segunda-feira uma vez que assuntos sobre a segunda-feira só podem ser tratados às segundas-feiras. De qualquer modo vejo aqui que o Assessor não estará na próxima nem na seguinte nem na consequente uma vez que acompanhará sua excelência em viagens de estudos para a comissão em que atua. Mas anotei seu nome seu telefone seu endereço e veja que coincidência o senhor mora na mesma rua em que nasceu a mãe do nobre deputado e ele tem carinho especial por essa rua e pelas pessoas que nela habitam certamente fará tudo o que estiver ao seu alcance daremos retorno muito obrigado e não se esqueça de que as eleições de outubro estão se aproximando o seu candidato só pode ser o nosso líder enviaremos folhetos sobre a sua atuação".

Ele ficava sem fôlego ao ouvir. Chefes de gabinete falavam sem vírgulas, apenas com um e outro ponto para respirar. Percebeu que a caminhada seria exaustiva. No entanto, sentiu-se revigorado. Agora, tinha um projeto na vida. Uma utopia a perseguir. A sua missão impossível. Isso mantém um homem vivo. Chega de alergias, tremores, estresse.

Começou a escrever cartas, desejando saber se havia um lugar onde a segunda-feira não existia. Uma carta levava a outra. Uma pessoa indicava outra. Recorreu à internet. As informações se sucediam, vindas de professores de geografia, história, astrólogos, astrônomos, engenheiros, químicos, semanólogos, viajantes. Um astronauta americano, gentil como tem de ser um homem que esteve na lua, respondeu amavelmente: "Na lua não há segunda-feira, aliás não há semana, nem mês ou ano, o tempo ali não é medido, nem dividido, ele se escoa infinito". Se nos outros planetas, satélites, estrelas não há segundas-feiras, o meu destino é mergulhar na galáxia, ele ponderou com a mulher e ela o olhou ressabiada. Um redator de guias turísticos acenou com um principado indiano, perdido entre montanhas de pedra. O problema é que quando os turistas chegam a esse lugar, levam costumes tão arraigados que ao não saber se o dia é sábado, domingo, ou segunda-feira, começam a passar mal, ficar ansiosos. Tiveram de criar um calendário falso, usado apenas para fins turísticos, não reconhecido ou obedecido pelos nativos. A semana está incrustada nos civilizados como uma pedra preciosa em um anel.

Consultaram todos os especialistas, inclusive Saroyan, o armênio que vivia num trapézio volante e tinha na cabeça todo o calendário gregoriano. O diagnóstico: "Nenhuma possibilidade de cura". Contataram um soteropolitano atabalhoado cujo ofício era redigir calendários perpétuos para revistas e jornais. O homem mantinha uma coluna semanal, respondendo a indagações do tipo: que dia da semana foi 31 de julho de 1911. Ou que dia da semana foi 14 de março de 1948. Também não ajudou. Nos dezessete mil livros que ele possuía não havia registros de homens que odiavam as segundas-feiras. Surgiram casos de agressividade contra o domingo, os feriados, os dias santos. Descartados, uma vez que se tratava de patrões mesquinhos, de executivos viciados em trabalho que se desesperavam com a semana tão curta (adoravam fazer dinheiro para as instituições em que trabalhavam) e fiéis de religiões que não acreditavam na sacralidade de certas datas.

Ele estava determinado. Haveria de acabar com a segunda-feira, a qualquer custo. Em todas as pessoas com quem conversou percebeu enorme entusiasmo. Sabia que haveria resistência da indústria, do comércio, dos bancos e dos coletores de impostos. Dentro em breve estariam terminadas as segundas-feiras, a ansiedade dos finais de domingo, a angústia das longas e silenciosas tardes repletas de melancolia.

Seu plano era perfeito. Do domingo se saltaria para a terça-feira, ficando a segunda sem nome. Esse dia seria uma câmara de descompressão. Nele seria restabelecido o alívio, as pessoas ganhariam ânimo para trabalhar, começariam a semana bem preparadas, cheias de força física e estímulo para produzir mais. Uma pessoa alegre, de bem com a vida, rende, os patrões iriam adorar. Em seguida, surgiu outra ideia. Com o tempo, se faria campanha para extinguir a sexta-feira. Outra câmara, preparando as pessoas para o repouso do fim de semana. Não se descansa trazendo ainda a pressão dos compromissos. Uma semana composta apenas de terça, quarta e quinta-feira era a utopia do mundo. Poderia ser um movimento universal.

Saía todas as manhãs com um manifesto redigido em papel almaço pautado, percorria as ruas colhendo assinaturas. Via como a segunda-feira era odiada, as pessoas assinavam com prazer, cumprimentando-o. "Finalmente se faz alguma coisa para abolir esse dia maldito. É disso que precisamos, de iniciativas particulares. Pode-se até fundar uma organização não governamental." Também era ridicularizado, enxotado, ofendido, chegaram a cuspir nele, empurraram-no contra as paredes, enfiaram a sua cabeça em um bueiro cheio de coisas podres. Ele não desistia, estava apaixonado pela causa. As folhas assinadas tomavam duas estantes, a mulher olhava para elas e sacudia a cabeça, porém não tentava impedir que ele fosse até o fim, mostrava-se feliz. A cada dia ele trazia histórias engraçadas ou estranhas, os dois analisavam o comportamento das pessoas. Ela só não acreditou quando ele contou a respeito de um homem que tinha perdido a mão na caixa do correio, estava na fila dos Encontrados e não parecia desesperado, apenas tentava recuperar a mão. O entusiasmo dele era crescente. Depois do Brasil, buscaria assinaturas no mundo inteiro. Era preciso reunir as pessoas, debater o assunto, montar uma organização. Marcou o dia, ela redigiu o folheto, sabia montar frases insinuantes, convencer as pessoas a consumir. Imprimiram vinte mil volantes. Perto da casa havia um cinema recém-fechado, eles conheciam o proprietário, era também dono de uma tecelagem cliente da agência em que ela trabalhara. O homem concordou em alugar por uma noite, desde que eles pagassem as despesas de luz e varressem a sala, devia haver uma boa poeira amontoada. Seriam responsabilizados pelo vandalismo, caso ocorresse, nunca se sabe com multidões. Assim, os dois começaram a distribuir os volantes. E se alternavam, um dia, ela saía com o manifesto, recolhendo assinaturas e ele com folhetos. Depois, invertiam. Esperavam umas mil pessoas na primeira noite, o entusiasmo era grande. "As pessoas andam vazias", ele comentava, "precisam de alguma motivação, um sonho, um sentido para a vida".

Ao apanhar o elevador, certa manhã, cheio de vigor, ouviu a vizinha conversando com o médico. Era médico, estava todo de branco: "Pois é, doutor! Veja só se pode ser. Meu marido não suporta a terça-feira, fica mal, muito mal, perde as forças, nem se levanta da cama. Veja só! O corpo inteiro dói, tem cãibras, as juntas incham. Ele odeia as terças-feiras. O que vamos fazer? Estamos ficando todos loucos, ele até fala em eliminar a terça-feira, está com os planos prontos. Veja só se pode ser!"

KersgatoiNula! KersgatoiNula!

*F*iúza aproximou-se. A senhora com tailleur cinza, colar de pérolas artificiais, abria a sombrinha estampada para se proteger do sol. Um costume que está desaparecendo e denotava a sua origem interiorana.

– DrasGreij KjoiNvi.

A mulher interrompeu o gesto, a sombrinha permaneceu semiaberta. Ela não se mostrou assustada, apenas manteve distância. Nessa cidade, desde que não se chegue perto, a situação fica sob controle.

– DrasGreij KjoiNvi.

– O quê?

– DrasGreij KjoiNvi.

– O que significa isso?

– DrasGreij KjoiNvi.

– Que gracinha! O senhor está brincando do quê?

– DrasGreij...

– Pelo amor da poderosa Santa Enunciata, padroeira das causas confusas! Não entendi nada!

Fiúza ficou surpreso. Como alguém não entendia o que ele dizia? DrasGreij KjoiNvi era um cumprimento cordial.

– TreFstug LinoMiou.

– O senhor não fala a nossa língua, não é? Do que precisa? Dinheiro, comida, orientação?

– HtrfYirtuNha.

– Curioso! Sabe que estou gostando? É muito engraçadinha sua maneira de se expressar. Sua língua tem maiúsculas em certas consoantes.

Como ela podia saber que as palavras tinham maiúsculas intercaladas? Seria a forma de pronunciá-las?

– VitrSiopl.

– Vejo que não é brincadeira! Nem um desses truques dos programas de televisão aos domingos que colocam a gente em situações constrangedoras.

– VitrSiopl.

– Desculpe-me! Continuo sem entender. O senhor não fala outra língua? Inglês. Francês. Italiano. Não arranha o espanhol?

Desesperado, ele sacudiu os braços. Falava português, como todo mundo.

– Drozmm HilkdaonDyt.

– Engraçado, essas consoantes ditas em maiúsculas. Elas me intrigam! Algum reforço? Têm um significado especial?

– KersgatoiNula. KersgatoiNula!!

A voz dele começou a se elevar, irritada, ainda que aos tropeços. Não entendia por que emitia tantas consoantes, é difícil se exprimir por meio de consoantes, raspam a garganta. Desde ontem percebia que alguma coisa estava acontecendo. Ao dar o endereço ao taxista, repetiu quatro vezes o nome da rua, enfurecendo o homem que acabou por atirá-lo fora do carro. Tentou outras vezes, ninguém entendia o que ele dizia. Foi para casa a pé. Férias, estava sozinho, a mulher na praia com os filhos. Ao sair de manhã, cumprimentou o porteiro.

– DrasGreij KjoiNvi.

– O quê?

Ele tinha dito: "Bom dia para você", como sempre fazia. Por que o porteiro arregalou os olhos?

– O que está acontecendo doutor Fiúza?

– DrnuiJKcea.

– Enrolou a língua? É epilepsia?

– DrasGreijJKcea

– Labirintite? Meu filho fala assim todo enrolado quando tem uma crise.

– VergfrUhjit.

– Meu deus! Estará drogado? – Pensou, nada disse, não costumava contrariar inquilinos, podia perder as gorjetas.

Fiúza compreendia o que o outro dizia. Claramente. No entanto, ao se ouvir, percebia que estranhas palavras saíam de sua própria boca.

– Quer que chame o médico? Posso ajudar? Já que a sua família está viajando! – Ou estará bêbado, pensou o funcionário; era bem provável, as pessoas andam bebendo tanto com a crise econômica.

Fiúza disse tchau, ouviu a palavra soar como JrgdReio. Afastou-se. O porteiro respirou aliviado. Seria uma chatice ter de tomar alguma medida, levar o homem a um pronto-socorro. Ter de localizar o síndico, arranjar um médico. Uma amolação cuidar dos outros. Adorava ficar ali na portaria, sentado na mesa o dia todo, vendo as pessoas entrarem, tomarem o elevador. Estava há 17 anos no emprego, não queria que nada modificasse seu dia a dia. Vai ver o sujeito estava chapado, era um homem estranho, vivia no prédio há muitos anos e nunca se sabia de nenhuma amante dele. Seria impotente? Ou um pederasta? Ele não gostava da palavra homossexual, não sabia pronunciar. E achava que somente gays usavam o termo gay. Fiúza exclamou:

– UjkilgBf. UjkilgBf.

Sentia-se dublado. Pensava em português, porém o que saía era outra língua. Percebeu letra a letra e nada entendeu. Sabia o que falava, mas o que saía era diferente daquilo que desejava exprimir. Sorriu ao ver que o outro não entendia. Mal sabia o porteiro que Fiúza tinha dito um palavrão. Fosse o que fosse, alguém haveria de curá-lo. Como pode um homem, de um instante para o outro, deixar de falar a própria língua e assimilar um palavreado não identificável? Não conseguia pensar em mais nada. Se ao menos soubesse que tipo de língua se incorporara nele, poderia procurar um linguista na universidade, ou o consulado do país. Um santo baixara, como nas religiões afro? Entrara em transe e não saíra mais? Correu para o elevador, entrou no apartamento, apanhou a lista telefônica. Encontrou um otorrinolaringologista.

Discou. A secretária do consultório atendeu, e ele disse rápido.

– PlifrtwergJhi BrasTroiu KraxFqunos.

– O quê? Quem é?

– PlifrtwergJhi BrasTroiu KraxFqunos.

Acentuou bem o KraxFqunos. Será que ela não entendia que ele estava querendo marcar uma consulta? Viu-se num impasse. Como explicar que precisava de ajuda? Urgente. Desligou. Os lábios tremiam. O que estava acontecendo? Desceu, começou a andar pela calçada, preferia a sombra. Seria a segunda-feira, esse dia detestável? Tudo de ruim acontece na segunda-feira, podem consultar a história do mundo. Se conseguisse ao menos visualizar a escrita da linguagem. Se a mulher da sombrinha tinha se referido a consoantes e a maiúsculas, então não era uma língua que se expressava em ideogramas, como a chinesa, a japonesa, a suméria, o arábico. Ao mesmo tempo, sentia prazer. Era um homem dentro dessa imensa cidade, no meio desse caos, que falava uma língua desconhecida, quem sabe do futuro, de outro planeta, outra galáxia. Não era um ser comum, semelhante aos milhares que passavam dando encontrões, rostos ansiosos, olhares esgazeados, murmurando sozinhos. Percebeu que estava falando alto e uma moça loira, de seios enormes entremostrados por decote curto, segurou-o pelo braço:

– DrasGreij KjoiNvi?

– DrAsgreij kjoInvi.

Teve vontade de abraçá-la. Não estava sozinho. Eram dois. Começaram a conversar e ele visualizava sobre a testa dela legendas levemente azuladas, traduzindo o que ela dizia na nova língua. Ainda bem que ele sempre preferiu filmes legendados, com som original, refletiu.

– Que língua estamos falando?

– A nossa.

– Sei, nossa. De que país?

– Ora! Aqui do Brasil.

– Não pode ser, não é português.

– Claro que é!

– Desde quando palavras como DrasGreij ou BrasTroiu são portuguesas?

– Não são? E como estamos conversando? Não sei falar outra língua a não ser português! Por isso nunca consigo bons empregos como secretária.

Ele tentou uma cartada.

– Em português não existem palavras com maiúsculas pelo meio. E apenas consoantes maiúsculas.

– Nunca pensei nisso! Mas eu falo com vogais maiúsculas.

Foram conversando, até o momento em que ele não soube mais pensar em português. Ou naquilo que imaginava ser o português. Raciocinava e formava frases apenas naquela linguagem desconhecida, que ele não entendia, não sabia como se escrevia, ainda não existia dicionário, a gramática não tinha sido organizada. As legendas azuladas desapareceram da testa da loira. Fiúza ficou desarvorado, como uma pessoa engolida pelas ondas, puxada por uma corrente marinha, sem saber nadar. Engolindo água, sufocando-se.

Ele formava frases, sem saber o que estava dizendo, porque desaparecera o lastro que o auxiliava, as legendas azuladas, o pensar em português. Exprimia-se na nova língua, sem saber o que estava pensando. Falava, sem saber o que estava falando. Ouvia a resposta sem entender o que estava sendo dito. A loira respondia, ria, ficava séria, enquanto ele falava, falava, com a alegria de quem aprendeu uma coisa nova e com ela se delicia. A loira apertava seu braço, piscava cúmplice, ela devia estar entendendo. No entanto, meu deus, o que ele dizia?

E olhando para os jornais expostos nas bancas, para os outdoors, para os anúncios eletrônicos coloridos que coalhavam a avenida Paulista, para a publicidade estampada nos ônibus, viu que não conseguia entender uma única frase da língua que tinha sido a sua, porém, não fazia agora nenhum sentido.

As cores das
bolinhas da morte

1
O homem que perdeu sua sombra

Olhando para o chão, não viu a sua sombra. Estremeceu. Devia ser engano, vista ruim, falta de atenção. Não era. Todos os dias, ao colocar os pés na calçada, examinava os sapatos, gostava de vê-los brilhando ao sol, verniz puro. Há vinte e três anos, cada manhã, deixava um par no sapateiro-engraxate da esquina, apanhava no final da tarde, reluzindo. Agora, o homem anunciava que ia fechar, os negócios andavam mal, pouca gente mandava colocar solas, meia-solas, saltos, remendar, engraxar, os calçados tornaram-se descartáveis. Nessa manhã de segunda-feira, um dia detestável, ao contemplar os sapatos, percebeu que não tinha sombra. Observou outra vez, poderia ter sido distração. Não era. Não se via a sombra, ela não existia. Como? O que aconteceu? Todos os dias, à mesma hora, ela se estendia à sua frente, entre a porta e o poste. Depois dos sapatos, media a sombra e pela sua posição sabia se estava no horário. Hoje, nada se via.

Ninguém se dá conta se tem sombra ou não, a maioria pouco se importa. Parece não nos dizer respeito, está ali, podia não estar. Ele não. Costumava contemplá-la ao longo do dia, cheia de variações. Mínima perto do meio-dia, alongada no final. Tênue no alvorecer e entardecer. Quando havia muita gente, misturava-se com as sombras dos outros, sem se perder. As sombras costumam se cruzar sem choques, ruídos, possuem a capacidade única de se interpenetrar, sem se contagiar.

Em uma tarde de muito sol, ele ficou impressionado com a variação de intensidades, escura, densa, tênue, quase cinza. Já se perguntara sobre a natureza das sombras, tão delicadas, resistentes. Do que eram constituídas? E se houvesse um lugar em que as sombras fossem coloridas? Conforme as ruas que percorria, a sombra mudava de lado. Costumava dar grandes voltas, para observá-la girando ao redor do seu corpo. Para trás, para o lado, voltando à frente. Nada a fazer o dia todo, ele andava, era a distração. Sua vida se transformara em caminhar.

Acordar, sair sem destino, percorrer bairros distantes, cada dia desvendando uma região. Conhecia a cidade palmo a palmo, registrava as mudanças. Casas caíam, prédios subiam, cinemas se fechavam, tornavam-se templos de religiões que brotavam como ervas por todos os cantos, favelas se disseminavam em semanas, praças desapareciam engolidas por lixo, entulhos, conjuntos residenciais, barracos, terrenos eram ocupados por barracos de madeira, plástico e lata.

Via cortiços superpovoados, ruas sem calçamento, água podre pelas ruas, lama e poças cheias de mosquitos, ratos e baratas, buracos feitos pelo serviço de águas e esgotos, pela telefônica, pela companhia de energia elétrica, viadutos interditados por rachaduras, pontes cujos pilares ruíam, terrenos baldios transformados em matagais, calçadas ocupadas pelos camelôs, assaltantes correndo entre os carros, no trânsito congestionado.

Gente desconfiada vendo-o passar. Sem saber quem era aquele homem de terno e gravata, fora de propósito no ambiente. Seria o dono dos terrenos ocupados? Um político, candidato, fiscal, polícia, traficante? Outras vezes, caminhava por bairros ricos. Ruas bem-asfaltadas, casas enormes atrás de muros imensos, guaritas a cada cinquenta metros, holofotes iluminando portões, seguranças a olharem com desconfiança, cães uivando, alarmes disparando em mansões que pareciam abandonadas. Por que as casas ricas sempre mostravam janelas fechadas, como se fossem desabitadas? E grades, muitas grades, todos vivendo enjaulados. No alto, helicópteros das televisões, dos executivos e das empresas de segurança rondavam, alarmados e desconfiados. Um barulho infernal com suas pás rotatórias. Muitas vezes tinha se surpreendido em uma esquina, olhando para as pessoas que passavam vendendo coisas, traquitandas, pechisbeques, cada um encontrava um objeto, tudo transformado em mercadoria. Outras contemplava os enormes letreiros luminosos, comandados por computadores invisíveis, enchendo as ruas de brilho, principalmente ao anoitecer, espalhando um clarão cegante, os produtos transformados em cores pulverizadas sobre as cabeças. "Se eu soubesse, ao menos, o que estou procurando; o que todos estão buscando."

Nesse dia em que a sombra se mostrava disfarçada – ele não queria admitir que tinha desaparecido – estava com um problema maior. Do forro da sala estava pingando água quente, era preciso andar de guarda-chuva dentro de casa. Todo mundo advertia: Dá azar abrir guarda-chuva dentro de casa. Talvez isso tivesse provocado o sumiço da sombra. Se bem que não era certeza. Precisava esperar um dia de sol pleno, hoje ele se mostrava fraco, outonal. Era isso, refletiu com alívio, a fraqueza da luz.

Acontece que uma frente fria, vinda da Argentina, anunciada pelas lindas meninas meteorológicas da tevê, descontrolara o tempo. Culpa do El Niño, o fenômeno que desestabilizava o tempo no mundo. Ou La Niña? Dias nublados, céu fechado, chuvas ocasionais. Enfim, numa segunda-feira, o dia que ele mais detestava, o sol reapareceu. Ao sair, tendo o sol pela frente, não quis olhar, verificar se a sombra o seguia. Gostava dessa ideia. A sombra a segui-lo. Fosse para onde fosse. Estava com medo de constatar que ela faltava. Três quadras depois, não se conteve, virou-se. O chão, vazio.

Como era possível? Observou os outros, cada um caminhava seguido pela sua sombra. Natural, a sombra faz parte do homem. Jamais soubera de casos de desaparecimento, ainda que tais coisas não passassem pelo Tribunal de Justiça. Estariam na alçada dos tribunais de pequenas causas? Será que alguém estava percebendo que ele era um sem-sombra?

Ficou parado, as pessoas passavam indiferentes, ninguém repara em nada. Duas horas depois, encostou-se em uma Van-lanchonete, cujo balcão cromado resplandecia, polido. Sanduíche na mão, ele enfrentou a bisnaga de ketchup cujo bico parecia entupido. Pressionou com força e a gosma vermelha explodiu no pescoço de uma garota com suéter amarrado na cintura e *piercing* prateado no nariz, que aguardava um refresco de maracujá. Ela se afastou, olhou para a mancha vermelha que escorria pela blusa, na altura dos seios empinados. Mediu-o de alto a baixo. Ele estava consternado, era um homem à antiga, educado.

– Desculpe-me, nunca tomo lanches nesses carrinhos, não estou habituado...

– Não é isso, é a sua cara, o senhor está mal?

– Mal? Não, sinto-me bem...

– Pálido, o nariz tremendo, nunca vi um nariz tremer.

– Tenho nojo dessas salsichas cheias de tinta colorida. Dizem que misturam papel na massa. Só que hoje me deu uma vontade... não resisti.

Enfiou a mão no bolso para apanhar o lenço, limpar a mancha de ketchup, encontrou o volante que o convocara para a reunião contra a segunda-feira. Num velho cinema desativado. Mais de mil lugares. Tinha sido decepcionante, apareceram vinte pessoas, desocupados que esperavam um prato de sopa e um velho transtornado a exigir cesta básica. O homem que promovera o evento tinha ficado abalado, mas devia saber que era assim mesmo, as grandes ideias começam mergulhadas em total descrédito. Antes de abandonar a sala, tinha abraçado o pioneiro: "Coragem! Vá em frente! Não desanime". Palavras banais, reconhecia, mas dizer o quê? Como em velório. O homem que odiava a segunda-feira tinha uma mulher interessante, sensual. O juiz tinha bons olhos, costumava flertar com as juradas, faziam parte de sua fantasia. No júri, fingia seguir os advogados e imaginava estar transando com as juradas nuas, ali na sala, diante de todos. Quando percebia uma brecha, assediava, havia mulheres que se excitavam com juízes. Quantas juradas tivera ao longo da vida? Essa fantasia exacerbada provocara a sua separação. O que importava isso agora? E se a sua ex-mulher o visse sem sombra?

– Olá, olá... o senhor ainda está aí? Em que pensa?

— Me distraí! Ontem estive numa reunião, falava-se do horror das segundas-feiras.

— Isso não me interessa. Por que o senhor não tem sombra?

— Porque não. Não há razão. Simplesmente não tenho.

— Nunca teve? Não acha estranho?

— O que é estranho? O que nos assombra? Dia desses, caminhando pelos lados da estação Júlio Prestes, dei com um homem sem mão, à beira de uma caixa de correio. Explicava para uma mulher suada, que usava um perfume doce e enjoativo, que a mão dele tinha acabado de cair dentro da caixa de correio.

— Devia ser truque, estava vendendo alguma coisa. Ou... assim como se perde a sombra, se perde também a mão. O mundo vem se transformando. Aceite isso. Somos mutantes. Precisamos nos acostumar. Bem, diga lá! Quero saber da sombra. Então, já teve uma?

— Claro, como todo mundo. Tive, me enchi. Me desfiz dela.

— Está mentindo. Ela desapareceu.

— Como pode dizer uma coisa dessas? Não me conhece!

— Quem não tem sombra, sabe.

— Você também? Perdeu?

— Sim. E os que não têm se aproximam, farejam. Um homossexual não conhece o outro pelo olhar, pelo andar, por um simples gesto? Somos iguais. A sua doeu quando se foi?

– Nem um pouco! Esse é o problema.

– Essa é a vantagem.

– O que não dói é pior.

– Por quê?

– O que não dói e se manifesta de repente pode matar. Um aneurisma, por exemplo. Ele está ali, quieto, pronto para estourar. Mas você não sabe, não há sintomas. E, então, ele explode e você nunca mais será o mesmo, se não morrer. Se a minha sombra sumiu, deve ser um sintoma grave. Um homem não pode viver sem a sombra!

– Quem disse?

– A sombra é a prova de que existimos!

– Besteira! Só nos acompanha. Não tem utilidade. Já pensou? A sombra é um mistério. Está sempre calada, indo e vindo, não ouve, não faz confidências, não aconselha, não responde, não nos defende. Ela existe porque existimos. Me diga, o que dá vida à sombra? Tem energia, como se sustenta? A sombra é luz morta.

A moça tem razão, ele pensou. Às vezes, em sua impetuosidade, os jovens fazem boas considerações. Qual o lado prático da nossa sombra? Nosso corpo não melhora nem piora, não nos sentimos bem ou mal. As sombras são neutras, não fedem nem cheiram. Não são como a febre.

– Quem é você? Gostei do que disse.

– Eu sou eu.

– É inspetora de sombras?

– O que é isso?

Percebeu que tinha dito bobagem. Era a desconfiança que se instalara nele após tantos anos de tribunal, enfrentando milhões de ardis aos quais os humanos recorrem para mistificar e enganar. Habituara-se à existência de cargos destinados a exercer vigilância sobre tudo e todos.

– Alguém que percorre a cidade buscando pessoas sem sombras.

– Para quê?

– Não tenho ideia. Há coisas que existem e não conhecemos. Passamos a vida sem saber um milionésimo do que acontece. Somos surpreendidos com novidades a cada minuto. É impossível acompanhar. É um mundo com tantas informações. Tantas!

– Acha que me preocupo com informações, notícias? Quem precisa delas? Acaso são conhecimento?

Onde ele tinha lido uma frase sobre informação e conhecimento? Assim poderia responder a essa menina (para ele era uma menina). Deve ter sido Einstein. Por que Einstein? Verdade que Einstein não falou até os quatro anos?

2
Falsificadores de sombras

Curioso o que ela me diz, refletiu o homem sem sombra. Há tempos, ele também deixara de ler jornais, assistir aos telejornais. Ficava extenuado com as notícias, descontrolava-se. As de segunda-feira eram as piores. Talvez porque os jornais de domingo se preocupassem mais com divertimentos, amenidades. Considerou um não acaso o fato de ter encontrado essa jovem. Era um homem racional, tinha descoberto através dos milhares de processos, de autos, depoimentos, testemunhos, falsidades, artimanhas e chicanas, com os quais convivera, que tudo pode acontecer, a vida é uma fraude. O insólito não existe. Nem o absurdo. Quanto a isso, estava tranquilo.

– Para o senhor posso contar. A sombra é um fardo. Ela nos cansa, está sempre atrás, na frente, do lado. No ano passado, a minha foi atropelada.

– Atropelada?

– Ao atravessar a rua, ela ficou para trás, um basculante passou por cima, ouvi o gritinho abafado.

– Grito? Está me gozando.

– Nem te conheço, por que haveria de zoar com o senhor? Que palavras antigas o senhor usa! Não se diz gozar. É zoar. Não estou zoando. Por causa da sombra que gritou, e me deixou baratinada, acabei descobrindo que existem cientistas fazendo experiências com pessoas sem sombras. Andam bem adiantados na PUC de Belo Horizonte.

– Em Belo Horizonte, é? Pesquisa?

– Pesquisa total, completa. Estive com a melhor cientista do Brasil no assunto. A Cristina Agostino. Ela começou investigando por que os políticos sempre agem à sombra.

Não, não era acaso esse encontro. Ele acreditava que coincidências são atos propositais, gerados em um ponto da vida. Quando criança, uma vez por semana, à noite, ele costumava ouvir um programa de rádio que começava por um bordão: "Ninguém sabe o mal que se esconde nos corações alheios. O sombra sabe".

– Cristina Agostino. Ela é boa?

– Excepcional. Ficou sete anos nos Estados Unidos, na maior universidade tecnológica do mundo... Cristina conseguiu o que em ciência era considerado impossível: pesar a sombra.

– Sombra tem peso?

– Tem. Depende da aura, do astral, do interior da pessoa, dos sentimentos, das intenções. Há sombras pesadas, quebram a balança!

– Balança! Você diz cada uma! Como é?

– Você fica diante dela, jogam a luz em você, a sombra se projeta na balança eletrônica, registra-se o peso.

Alguma coisa no rosto da jovem levava-o a suspeitar. E ao mesmo tempo confiar. E se ela tivesse eliminado a sombra? Imagine se vamos encontrando assim, pelas ruas, pessoas que sabem tanto sobre sombras? Devia estar a segui-lo. Especialistas? Em Belo Horizonte? E se ligasse para lá, pedindo informações? Cristina Agostino seria real?

– Outra coisa, meu senhor! As sombras são dependentes, fiéis, carentes, estimam a pessoa, se apegam. Sombras sofrem se, por alguma razão, se desligam dos corpos a que pertencem. Não sabem viver sozinhas, não sabem se adaptar a outros corpos. Vi um homem que tendo perdido a sombra, roubou uma. Só que o contorno da sombra era diferente do formado pelo corpo dele. Ficou muito estranho. Além disso, a sombra estava habituada a trajetos que o outro fazia e, às vezes, o que roubou virava a esquina e a sombra continuava. Ele ficou quase louco.

– Quer dizer que outras pessoas estão perdendo a sombra? Não é coisa nova?

Ele estava impressionado. Viver encerrado dentro do tribunal tinha levado-o ao desligamento total da realidade, das coisas que ocorriam nas ruas, na cidade, na vida?

– Já disse que não! Há gente estudando. Tornou-se uma ciência. Até há pouco tempo, era dado como impossível separar a sombra do corpo. Mas desde que começaram a clonar ovelhas na Inglaterra, um grupo de cientistas de São Carlos, fazendo experiências na fazenda Carvalhosa, conseguiu isolar as sombras.

– Isolar?

– Isoladas dos corpos, as sombras são conservadas em um freezer especial, debaixo de luz intensa. Nos Estados Unidos, há pessoas que deixam suas sombras em custódia nas universidades. Para estudos, verificações, melhorias, reparos, reciclagens.

– Reparos...

– Às vezes, as sombras ficam lesadas, por razões ainda em investigação. Os que andam muito na luz produzem muita sombra e ela não repousa nunca, desgasta... Cristina Agostino pode esclarecer... Claro, já surgiu o mercado negro. Gente que falsifica sombras. Trapaceiros desviam a sombra dos outros. Embustes de todo tipo. Para tudo há um logro. O senhor deve saber, tem idade. Aliás, o que o senhor faz?

– Sou juiz!

– Pronto! Está aí! Um juiz tem diante dele espertalhões, velhacos, canalhas, falsários, burladores, mentirosos, enganadores, trapaceiros, farsantes, dissimuladores, muitos pisa-mansinho.

Ah, peguei! Ela me chamou a atenção quando usei a palavra gozar, em vez de zoar. Agora me vem com um velhaco, um trapaceiro. Sim, ela sabe que conheço a vida, já vi o outro lado do mundo, o aspecto sombrio do homem, sempre pronto a velhacarias.

– Tenha cuidado, meu senhor. Precisa ver para onde sua sombra foi. Uma vez desligadas, elas continuam por perto, desassossegadas. Dependem dos humanos. O problema é se apegarem a uma outra pessoa, incorporando-se a ela. Já se constatou o caso de gente com sombra dupla, o que foi um problema para quem as possuiu. As sombras brigam entre si para obter o melhor lugar no chão, o que provoca paralisia, o dono não pode se mover.

— Como se eu pudesse ver para onde ela foi! Se soubesse, daria um jeito de agarrá-la. Não há nenhuma realidade no que você diz.

— Olhe para o chão. Vê a minha sombra? Olhe só o tamanho.

Era de fato mínima, quando deveria ser bem encorpada, a esta hora do dia.

— Está renascendo...?

— Estou me recuperando. Quem perde a sombra identifica outros perdedores, é uma coisa que nos aproxima. Ficamos antenados, foi o que Cristina Agostino me disse. Ela me salvou.

— E por que essa Cristina estuda as sombras?

— Ela me disse que tudo começou com Peter Schlemihl.

— E quem é esse Peter Schemeli?

— Schlemihl. Ele vendeu a sombra ao diabo, duzentos anos atrás. Devia ser ao diabo, assim como Fausto vendeu sua alma. O diabo sempre entrava nessas histórias. Vendeu por uma bolsa de onde saía tudo o que ele quisesse, ouro, dinheiro, vacas.

— É uma fantasia, portanto? Não foi verdade?

— Chamisso disse que aconteceu.

— Chamisso. E quem é esse Chamisso?

– E por que o senhor não vai pesquisar? Quer que eu traga tudo de bandeja?

– Só que hoje não há mais diabos.

– Não? Tem mais do que se pensa. Levando mais do que a nossa boa e amiga sombra. Essa sombra que nunca preocupou ninguém, desde que o homem é homem. Agora, até ela se vai, sem que se saiba como ou por quê.

Faz sentido, ele admitiu. O homem e sua sombra estão ligados desde que o mundo é mundo. Foram criados juntos. A sombra nos acompanha após a morte, encerra-se no caixão, junto ao corpo. Sabe que vai desaparecer quando o corpo se dissolver. Bem que poderia fugir, ao ver o dono morrendo. Mas é solidária. Tem coragem. Talvez saiba que o destino das sombras é acompanhar quando o homem desaparece. Como numa das viagens de Simbad, o Marujo, em que as viúvas eram enterradas com os maridos em uma caverna cheia de gritos. Vai ver, os homens tenham nascido delas, porque quando o mundo ainda não existia, já havia a sombra, ela era tudo, era o universo. Até que surgiu a luz, surgiu o homem e elas decidiram que fariam parte desse mundo, de alguma forma. Assim, crescem, estão sempre ao lado, nunca perdem de vista os corpos que as produzem. Sabem que há dias em que a luz é insuficiente para produzi-las e então ficam à espera, invisíveis.

Foi então que passou pela sua cabeça: E se a minha sombra está brincando comigo? Zoando? Ou teria fugido com medo de alguma coisa? O que temem as sombras? Podemos pisá-las, chutá-las, fustigá-las, jogar água, gasolina, ácido, tentar pôr fogo, atirar nelas, as sombras não fogem. Sentirão dor? Nenhuma sombra jamais se manifestou. Nunca protestou. Nunca questionamos se têm vontade própria, se gostariam de virar a esquina, quando seguimos reto. Se gostariam de correr na direção contrária. Ou descansar, entrar em um prédio, sair atrás de outra sombra. Sombras se apaixonam? Será que ao se cruzarem, num relance, descobrem que a sombra de sua vida está ali, mas pertence à pessoa que caminha em direção oposta e que pode se perder para sempre? Quantas coisas a descobrir a respeito dessa companheira fiel, constante. E se a minha sombra não é minha, é de outro, trocada por um fraudador? Como apanhar o fraudador? Um ladrão? E se a minha sombra estava se mudando para outro corpo e a surpreendi, ela se envergonhou, se escondeu? Voltará? Talvez essa Cristina Agostino possa me responder. E esses outros dois de nomes estranhos? Chamisso? Schmelil? Schlemi? Não podem ser brasileiros. Talvez imigrantes, gente de Santa Catarina. E a jovem? Será que saiu da bisnaga de ketchup, como um gênio moderno? Estou doido, como posso pensar nisso? O que significa? Mas onde está a jovem. Apareceu e se foi? Será que dormi em pé enquanto pensava, da mesma maneira que dormia, quando os processos eram longos e os advogados combatiam em jogos de cartas marcadas? Ela desapareceu. Quem era essa moça?

3
Perder-se na curva da Terra

O homem sem sombra foi para Belo Horizonte em busca da pesquisadora Cristina Agostino. Atravessou a rodovia Fernão Dias, à noite. Viagem de doze horas, por causa dos trabalhos de duplicação das pistas, pelos buracos existentes e por uma parada prolongada em uma lanchonete que lembrava o posto de trocas de cavalos do filme *No Tempo das Diligências*. Café frio, pão de queijo massudo, margarina rançosa, presuntada de validade duvidosa.

Ele desceu na rodoviária e seguiu pela avenida mais larga que encontrou, tomada por muita gente àquela hora da manhã. Todas as cidades têm gente demais, há gente demais no mundo. Não existem refúgios para homens solitários. Estava determinado a encontrar a cientista Agostino e tomando o táxi desceu na PUC. Foi à secretaria, o funcionário consultou o computador.

– Não há ninguém com este nome. O senhor tem certeza de que é aqui?

– Foi o que me disseram.

– Não temos essa pessoa. Em nenhum departamento.

– Talvez não seja funcionária. Seja uma convidada, cientista residente.

– Não temos cientistas residentes.

Desconfiado, ele refletiu que Cristina estaria em algum projeto secreto. Afinal, estudar a ausência de sombras nas pessoas era assunto rotulado confidencial. Imaginaram o pânico da população ao saber que as sombras podem desaparecer? Desaparecer nas sombras. Riu com o seu humor, contente por estar enfrentando a situação com tranquilidade. Decidiu arriscar, embalado por suave música que vinha de um rádio. Reconheceu Vivaldi interpretado por Pixinguinha.

– Existe um departamento pesquisando sombras?

– Que tipo de sombras?

– As que desaparecem. As que podem ser isoladas do corpo humano.

– Não entendo.

– Sei que estão investigando os motivos pelos quais as sombras se desprendem dos corpos. Se não puder falar nada, aceito, posso compreender.

– Não falo porque não sei. Jamais soneguei informações! Este é o meu trabalho. Estou aqui sabe há quantos anos? Sabe? Recebi medalha por ter dado as informações mais difíceis. O senhor está me testando!

– Que teste, o quê! Só estou à procura de minha sombra. Ela desapareceu. Veja.

O funcionário olhou.

– Aqui não há luz suficiente para produzir sombra. Além do mais enxergo mal, muito mal. Já fui a todos os médicos. E nossa cidade é a capital mundial dos oftalmologistas. Quem sabe o senhor consulte um e resolva. Pouca gente enxerga tanto quanto um belo--horizontino.

– Meus olhos são bons, perfeitos. Meu caso é complexo, talvez não exista especialista no mundo.

O funcionário olhou para uma colega de trabalho, Nieta, mulher esperta, ativa, e murmurou: "Convencido". Ela piscou os olhos.

– O senhor não quer consultar uma psicóloga?

– Não é caso de psicologia.

– Temos uma. Ótima.

– Até posso falar com ela, talvez entenda por que as sombras desaparecem. Mas gostaria de me encontrar com a Cristina Agostino.

Nieta entrou na conversa.

– Não seria a Cristina Agostinho?

– Pode ser.

– A escritora?

– Pode ser.

Porém, o número telefônico da escritora não estava na lista. Pessoas famosas não gostam de divulgar seu telefone. Foi preciso ligar para alguém chamado Pirolli, que ligou para Benito Barreto, que ligou para o Carlos Ávila. As ligações se sucedendo. Cada um dos telefonados, desconfiado com a história de sombras que desaparecem, pé atrás, dizia que não sabia de nada. Cautela nunca é demais em tempos como esses. E que tempos são esses? Foi uma poetisa chamada Janice Caiafa que finalmente deu o endereço de Cristina, não sem mandar um aviso ao juiz: "Diga a ele que a sombra se foi, para perder-se na curva da Terra, para expor-se a um povo remoto, para voltar-se rumo a outro horizonte".

– O senhor entendeu?

– Pode repetir?

Tinha trazido o caderno de anotações, era prevenido, sabia que assim eram os mineiros. Na Inglaterra, como os ingleses. Em Minas, como os mineiros. Escreveu, gostou. Havia um sentido oculto, ainda que imperceptível, Janice sabia das coisas.

4

Um mistério. Onde é o Lá?

*T*omou um táxi para a casa de Cristina. Prédio estilo anos quarenta, *art déco*, restaurado. Apertou a campainha do interfone. Nenhuma resposta. Apertou uma, duas, quatro, cinco vezes. Precisava entrar, conversar com aquela mulher. Tentou chamar algum apartamento vizinho. Nada. Ninguém respondia. Tocou todas as campainhas. Olhou para cima, as janelas estavam fechadas. Quem sabe o prédio estivesse vazio. Recém-restaurado, ainda não era habitado.

Conferiu o endereço e ia se afastar quando percebeu, através do vidro, alguém caminhando pelo corredor. Estranho corredor, parecia tão fundo, enquanto visto aqui de fora o edifício não aparentava ter mais do que dez metros de extensão. Esperou, olhando através do vidro, enquanto o homenzinho se arrastava, curvado. O porteiro, ou quem quer que fosse, abriu um pequeno postigo.

– Boa noite.

– Boa noite? Onze da manhã?

– Na minha vida é sempre noite. Jamais vivi de dia. Nunca houve luz, sol, claridade. Vivo em uma noite eterna. E me condenaram a habitar esse prédio de tetos tão baixos. Veja, veja este corredor! É o mesmo que mina de carvão, mina de sal, mina de ouro. Minas, minas, minas, por isso vivemos curvados. O que quer?

– Falar com a Cristina Agostinho.

– A linda escritora? Ah, sim, mora no 1936. No décimo nono. Não está.

– Sabe aonde foi?

– Foi lá.

– Lá? Lá onde?

– Lá não é aqui.

– Sei, sei. Mas dizer lá é vago. Deve haver um endereço, um lugar preciso, exato. Lá pode ser em qualquer parte do mundo.

– Não está aqui, portanto está lá. Só existe o aqui e o lá. Nada mais! Desde que criaram o aqui e o lá, os dois estão em oposição.

– Concordo. Apenas quero que o senhor me conte onde é o lá. Esse para onde foi Cristina!

O porteiro contemplou montanhas ondulantes que se agitavam como papel batido pelo vento. "Um dia essas montanhas vão se despregar do chão."

– Lá é além. Tudo o que posso dizer é apontar com a mão, indicando: Lá. Está vendo? Tudo aquilo lá? Ali é o lá.

Este homem é interessante. Um sábio. Gostei de vir para esta cidade, nunca imaginei que Belo Horizonte tivesse esse lado oculto. A única coisa interessante no mundo é o lado oculto e ele só se revela em ocasiões especiais. Não recusá-lo quando se oferece, aqui está a sabedoria. Estou no caminho das revelações.

Agora, tinha à sua frente duas questões a serem resolvidas: a ausência de sombra e a localização do lá, onde se refugiava Cristina Agostinho, a escrever seus livros. Teria primeiro de ler os livros dela, conhecê-la, para se aproximar. Talvez a estadia em Minas se prolongasse. A melhor solução seria pedir asilo, esquecer São Paulo, o ar seco, os congestionamentos gigantescos, os cinturões de favelas que se estendiam, a violência, as hordas de camelôs, a proliferação de bingos, as grades nas portas e janelas, as ruas sujas e esburacadas, os helicópteros roncando. Ao sair, olhou para trás, contou. Era um prédio de oito andares.

5
Cristina podia estar ao seu lado

O homem sem sombra saiu pelas ruas. A não ser pela fome, sentia-se bem. Escolheu um restaurante por quilo. Na porta, o letreiro anunciava a promoção: Acerte o peso, coma de graça. Sabia que os quilos são uma contingência da crise, porém não se conformava. Considerava humilhante apanhar o prato, entrar na fila, preocupar-se com uma comida que alimentasse e fosse leve, entregar o prato, receber o tíquete de balança computadorizada. Quem garantia que não roubavam no peso? Dez gramas de um, dez do outro, em cem fregueses se faz um quilo, em mil, dez quilos. Podia-se ver que por ali passavam mil esfomeados por dia.

Não havia mesa disponível, teve de esperar, vagou uma na ponta de um corredor. Repulsivo sentar-se ao lado de desconhecidos. De que modo comer elegantemente, se o sujeito à frente mastiga de boca aberta, dando garfadas enormes num prato imenso? Outro palita os dentes e limpa o palito na ponta do guardanapo de papel sujo de massa de tomate. Uma vez, tinha lido em um escritor satírico, Pittigrilli, que para comer, o homem deveria recolher-se a um cubículo privado, da mesma forma que se esconde no banheiro para cagar e mijar. Multidão almoçando, coisa feia! Os barulhos que fazem com a boca. Observava os pratos, fascinado pelas misturas, diferenças de gosto: arroz, feijão e macarrão. Peixe, ovo e polenta. Feijão e pizza. Arroz, batata, cenoura picada, mandioca frita. Fígado, salmão, frango assado. Agrião, queijo ralado, lentilha. Pizza e pão de queijo.

Todos falando alto, o som crescendo, até se tornar insuportável. Súbito, todos silenciavam. Restava uma voz solitária que se envergonhava e se calava e aos poucos o burburinho recomeçava. A questão essencial que o obcecava era: onde localizar o lá em Belo Horizonte? Teria de esgotar as possibilidades, escolhendo uma direção e indo até lá. No entanto, ao chegar, o que ele imaginava ser o lá, seria apenas o aqui para os locais, estando o lá no rumo oposto. Devia partir do princípio de que o aqui de Cristina Agostinho era o prédio onde morava, podendo o lá ser qualquer ponto num raio de 360 graus. E afinal, o que é o lá? Necessário, antes, defini-lo.

Depois de comer, ao ouvir os arrotos do homem que mastigava de boca aberta, foi em busca da biblioteca pública, pediu um dicionário, o Aurelião.

Lá = Naquele lugar.

Ali.

Adiante.

Além.

Naquela terra.

Por toda a parte.

Diante de.

Às abas.

À vista de.

Ante.

Perante.

Algures, entre eles, naquele país.

Aí, nesse lugar.

Ao longe ou para longe.

Cada possibilidade acenada pelo dicionário era complexa.

Adiante do quê?

Perante quem?

Naquela terra, sim, mas qual?

E o por toda a parte então? Seria uma questão de agrimensores ou filólogos? Ou as duas?

Às abas. Expressão mais estranha, jamais ouvira.

Algures. Essa era mesmo complicada.

Ao longe ou para longe. China. Paquistão. Zimbábue. Por que Cristina iria para um desses lugares? Por que não iria? Não conhecia a mulher, como pensar o que faria ou não? E se estivesse, simplesmente, em Itabira? E se estivesse almoçando no Quilo, naquele instante? E se começasse a perguntar o nome a cada mulher que fazia consultas na biblioteca? Era uma possibilidade. Seria a moça ao lado? A ruiva que o olhava insistente? A jovem decotada? A alta, magra como um manequim de revista de moda? A morena de olhos tristes? A de batom vermelho, brilhante, riso admirável? A de unhas coloridas e cara malandra? Uma vez, absolvera uma jovem da acusação de roubo. Ela tinha tudo de culpada, mas ele absolveu, porque desconfiara do júri, todos pareciam safados, invejosos da beleza da moça. E ela sorrira para ele do mesmo modo que essa mulher sorria agora, amplamente, cheia de promessas.

Lá. Onde é? Em alguma parte esses estudos se entrelaçam. Como determinar o lá de Cristina? Antes de sair, teve uma ideia, abriu uma enciclopédia e procurou o nome Chamisso. Louis Charles Adelaide, dito Adelbert von, escritor alemão de origem francesa (castelo de Boncourt, Champagne, 1781 – Berlim, 1838), autor da *História Maravilhosa de Peter Schlemihl*. O livro não existia na biblioteca, talvez fosse encontrado em um sebo ou no Instituto Goethe, em alemão, informou a delicada senhora que atendia o público. Voltou ao prédio *art déco*, localizou-se na direção que o porteiro, zelador, ou quem quer que fosse o homem que andava curvado, apontara e seguiu. Tinha um ponto de referência, um grande outdoor anunciando uma liquidação total de calcinhas e cuecas. Crise brava, liquidam-se até cuecas.

6
Um lá foi encontrado

Subiu a rua, virou à esquerda, à direita, seguiu, à direita, esquerda, direita, desceu, esquerda, subiu, direita, chegou. Terreno baldio, dominado pelo gigantesco outdoor colorido. Holofotes nas bases indicavam que era iluminado à noite. Oito moleques jogavam bola em meio a tijolos, lixo e cacos de vidro. Descalços, tinham as solas dos pés duras, calcificadas, nem sentiam o terreno áspero. A bola, ou o frangalho de bola, envolvida com fita crepe passou ao seu lado, desceu por uma ribanceira. Os moleques gritaram para um carequinha subnutrido:

— Corre! Vai buscar, Robertinho!

O moleque se impacientou.

— Só eu que busco bola, só eu. No jogo ninguém me passa bola. Só eu que busco, só eu. Chega!

Os outros riram, ele desceu a ribanceira, mancando. Subiu com esforço.

— Vai, passa logo.

— Só passo se entrar no jogo.

— Primeiro, vai ver se estou lá, disse um grandão, de cabelos sujos.

— Pensa que sou bobo? Não tem ninguém lá. Cada vez que vou, está vazio.

O homem sem sombra chamou o menino que não entrou no jogo.

121

– Quer ganhar cinco reais?

– Cinco? Cinco? Pra fazê o quê? Num levo pacotinho de nada, a polícia já me catô duas vêis.

– Me diz onde é o lá! Esse onde você vai procurar seus amigos.

– É lá imbaxo, perto daqui.

– Me leva lá.

– Cadê os cinco?

Recebeu, nem acreditou, cheirou o dinheiro. Desceram a ribanceira. De repente, o menino parou.

– Moço, o que é isso?

– O quê?

– O senhor num tem sombra.

– Não tenho. Nunca tive.

– É doença? Sai pra lá!

Ele achou melhor mentir.

– Sou assim desde criança. Nasci assim...

– Nasceu... Qual é a tua? E nunca sentiu farta?

– Não.

– Gosto da minha sombra. Está sempre cumigo, é amiga. Superlegal cumigo. Vai pronde vô, só desaparece quando vô dormi, achu qui também vai. Sombra num precisa comê, bebê, faiz o que mando, brinca cumigo, nunca reclama, num mi manda fazê coisa! Dói num tê sombra?

– Nada. Por que haveria de doer?

– Pois eu ia ficá chatiado sem ela, é a única amiga qui tenho. Aqui é o lá, onde venho procurá as pessoa.

7
A morte das filhas primogênitas

De um lado havia um açougue. Do outro um boteco com uma mesa de sinuca. Um orelhão arrebentado. Uma farmácia com prateleiras semivazias. Ao lado da farmácia, uma porta, dois bancos, mesa e prateleiras, um grupo de homens.

— Aqui?

— É. Aqui se reuni os caminhoneiros. Olha lá o Jorge. Já andô o Brasil intero, cunheci tudo, é esperto, a gente chama ele de Jorge Brasileiro. Mais o lá pode ser mais imbaxo, onde passa o rio. Qué vê?

Ele quis. Não parecia lugar onde pudesse encontrar Cristina. O que ela faria no meio de caminhoneiros? Seguiu o moleque cuja sombra mancava com ele.

— Ó, o rio. Aí é o lá da molecada. Eles chuta a bola no rio de propósito, pra que eu me molhe intero. E se num volto cum a bola, apanho. Eles me dissero que esse rio num morre de sede. Sabe o que isso qué dizer, moço?

— Não! Não sei, mas aqui não é o lá que procuro.

— É, mas tem muito lá, por aí. É difíci achá. A molecada sempri me manda cada vêis prum lá diferente. Eu conheço, aqui perto, uns deis lá.

Então, o homem sem sombra compreendeu que era inútil o que estava fazendo. Gastaria a vida procurando o lá. Viveria daqui para lá, de lá para cá, e nem sabia definir direito se o lá era também o ali, era um mundo novo em que penetrava, desconhecido. E existe ainda o acolá. Questão subjetiva. Desistisse, como encontrar Cristina Agostinho? A Agostinho o levaria àquela outra, a Agostino, cientista que isola e pesa sombras, sabe tudo. Epa! Ele adorava a expressão Epa, seu pai a dizia a propósito de tudo e de nada. Claro, por que não pensara nisso? A Agostino era uma mulher que vivia nas sombras, jamais se mostraria, a sombra fazia parte de sua personalidade, sua vida. Nunca seria vista numa tarde de sol como aquela, ainda que a luz fosse fundamental para a existência de sombras. Ambiguidades.

Voltou ao prédio *art déco*. As primeiras luzes da noite se acendiam no bairro de Santo Antônio, a rua Magalhães Drumond era um movimento só, gente que subia em direção à igreja, namorados agarrados pelos cantos. Como se respira sensualidade em Belo Horizonte, a excitação emana das pedras quentes, as pessoas se mostram afogueadas, suadas. O prédio às escuras. Oito andares. Como Cristina podia morar no dezenove? Encostou o rosto no vidro. No extremo do corredor, o homem que andava curvado estava à mesa, iluminado por uma lâmpada fraca.

O homem sem sombra apertou a campainha, o porteiro não se moveu. Apertou, de novo, prolongadamente, e o outro, porteiro, zelador, o que fosse, apagou a luz, as sombras tomaram conta. O postigo foi aberto.

– Tira a mão! Quer estourar meus ouvidos?

– Por que não atendeu? Estou aqui há meia hora.

– Mentiroso! Está aí há dezenove minutos. Cronometrei.

– Me viu e não me atendeu?

– Dezenove minutos. Pouco. Não se considera atraso pelos nossos costumes. Em Belo Horizonte, pode-se fazer esperar até setenta minutos. Depende do clima. Do trânsito. Dos gritos das mulheres infelizes.

– Te vi me olhando, você apagou as luzes. Por que não atendeu?

– Vi, não atendi. Não tenho obrigação. Pelos regulamentos da Inconfidência temos o direito de fazer esperar até hora e meia. Apertou a campainha tenho de vir correndo? Não corro por nada. Nem quando minha filha morreu eu corri.

– Sua filha morreu?

– Não tente me agradar mostrando emoção. As emoções terminaram. As filhas têm morrido. E acabou. Não ouviu falar? De onde o senhor é? Não soube da noite dos anátemas em que as filhas primogênitas morreram com as cabeças voltadas para os Confins? Ela morreu na cobertura do prédio com o corpo coberto por sangue de andorinhas. Nunca mais subi lá.

– Lá? E se esse for o lá que procuro?

– O senhor procurava a escritora Cristina Agostinho. Não me engana! Lembro bem. Estou no prédio antes de ele ter sido construído, aqui em volta viviam os acaiacas, índios que me deram a receita do elixir da memória. Essa foi perdida na cidade, assim como as emoções. O senhor veio procurar a escritora. Agora muda de assunto.

O homem sem sombra tinha ouvido dizer (Onde? No tribunal?) que em Belo Horizonte acontecem coisas inusitadas, há pessoas diferenciadas, com cérebros atípicos. Seria essa a cidade que sobreviveria aos ataques? Estaria sendo preparada nas sombras uma nova geração destinada a suportar os acontecimentos cruciais previstos? A morte das filhas primogênitas com as cabeças voltadas para os Confins não seria o prenúncio? Por que ele tinha entrado neste círculo? Até ontem vivia tranquilo, cumpria as obrigações rotineiras, não atrasava pagamentos, recebera até um diploma *honoris causa* da Receita Federal, por sempre ter declarado honestamente o imposto de renda. De um momento para o outro estava rodando, em uma cidade desconhecida, sem lógica. Nada era racional e não sentia vontade de ir embora, poderia ficar a vida inteira aqui, se houvesse um emprego. Não era mineiro, mas talvez pudesse se naturalizar. Casar-se com uma mineira, ganhar a licença, a autorização para fazer a transfusão de sangue imposta por lei, desde que houvesse doador.

– Cristina? Ela está?

– Por que haveria de estar? Saiu. Se saiu, não pode estar. Ela nunca se deixa ver, sai pela garagem, no carro fechado. Sei que é muito linda, fiquei perturbado. Parecida com minha filha mais nova, a que fugiu para Governador Valadares. Cidade que hoje se chama

Boston. Não sei por que mudaram o nome. Mudaram a cidade inteira. Levaram para os Estados Unidos... Sabe onde fica os Estados Unidos?

– Sei! Na América do Norte. Lá em cima...

– Então, fica lá! O senhor não queria o lá?

– Assim, o lá pode ser na China...

– No Afeganistão, em Liechtenstein, Islândia, Latvia, Pérsia...

– A Pérsia não existe mais.

– Como? E os mercados persas? A lima da Pérsia?

– A Pérsia agora se chama Irã.

– Tenho um amigo com esse nome. Ivan.

– Irã, não Ivan.

– Uma letra de diferença. Pouco, quase nada. Tudo é questão de troca de letras. Nada mais. Falo de um jeito, usando algumas letras. O senhor me responde com palavras diferentes, que utilizam as mesmas letras. E por que não nos compreendemos?

8
Como os povos podem se exprimir

O porteiro ou zelador continuou falando. Dessas pessoas que falam alto, compulsivamente, categóricas, impositivas, sem jamais ouvir. Gente que se afirma à custa de não aceitar opinião alheia, contestação, comentário. O mundo é aquilo que elas pensam, não o que é de fato.

– As letras! Ah, sim as letras! Uma coisa estranha. Ali, na minha mesa, sentado há noventa anos reflito sobre isso. As letras são as mesmas na maior parte do mundo. Há diferenças, sei bem! Nos países árabes, em Israel, na China e no Japão, entre os povos eslavos usam símbolos engraçados, bonitos até. O senhor conhece a escrita da Sumatra? E o javanês? No Cambodia parece que estamos a olhar vermes enroscados. Viu? É Cambodia ou Cambodja? A escrita do Nepal me dá a sensação de um monte de efes ao contrário, enfeitados. No alfabeto cirílico há letras que me lembram candelabros, saias rodadas. Significam nada para mim. Nunca acreditei que se possa falar com aqueles símbolos. Eles são para serem desenhados. Não para serem falados. Todavia, melhor dizendo porém, aqueles povos insistem, falam. E não entendemos. Como podem se exprimir dizendo desenhos? Pensou nisso? Quem inventou as letras? Quem desenhou o A do jeito que o A é? De maneira que falando saísse o som de A? E por que o som de A corresponde ao desenho de um A? Se tomarmos o som da letra a partir do seu vértice superior, o som teria de se dividir em dois, abrindo-se, distanciando-se um do outro, unindo-se subitamente por uma ligação intermediária. Porém, se o som começa embaixo, teremos de ter dois sons que sobem e se unem, atingindo o máximo na junção superior. Quem pensou no mistério do som das letras? O X. Quem não tem dentes sente dificuldade de pronunciá-lo. E o O? Pensando bem, não tem o som redondo que insinua. Um som aprisionador. E o I, longilíneo. Não é bonita essa palavra? Longilíneo. Costumo escrever letras pelas paredes do prédio. Escrevo o I com o som do U. Acha impossível? Se um dia o senhor conseguir o atestado de mineiridade e puder entrar no prédio vai entender como escrevo o som. No dia em que este prédio receber o habite-se, e somente o engenheiro Gil Moreira pode assiná-lo, as pessoas vão se acostumar com as palavras que desenho. Precisamos mudar o alfabeto. Cada letra correspondendo ao som real...

– Nós? Nós quem?

Era uma armadilha, para que o zelador ou porteiro revelasse. Porém, ele não caiu. Esta raça de mineiros-novos que se forma é sutil. Cheia de truques como os cristãos-novos.

– Nós... nada mais que nós.

O homem sem sombra sentia-se atordoado. O outro falava sem parar. Bateu um desânimo. O lá jamais seria encontrado. Era como o Santo Graal, os mapas de tesouros piratas ou textos desaparecidos nas entranhas dos computadores, quando acionamos uma tecla errada. A verdade é que havia na cidade uma escritora misteriosa e enigmática, lendária, que se refugiava em alguma parte, inacessível. Esta mulher conhecia o lá, ponto remoto onde talvez se pudesse esclarecer o desaparecimento das sombras humanas. Seria preciso andar muito, o que não o assustava, fazia parte de sua vida, era do seu feitio.

Andava. Andar sem destino, percorrendo a cidade inteira. Única coisa que tinha a fazer, depois da aposentadoria compulsória no Tribunal de Justiça. Uma injustiça que o amargurava. Ainda que alívio. Um gordo salário, porém o vazio pela frente, depois de anos dentro de gabinetes, lendo processos sem fim. Alguns intermináveis, monumentais. Certa época, ficou saturado da sordidez humana que emergia daquelas páginas. Milhares de processos, enterrados nos arquivos do tribunal, resumiam a história da asquerosidade e da mesquinhez humanas. Quando se recorria a tais processos vinham à tona contradições e mentiras. Depois de alguns anos, ele se esquecera da existência da verdade. Encharcara-se de torpezas. Não sabia mais o que era o bem, como era, se existia. Vira-se contaminado pelos paradoxos e incertezas, subterfúgios e dissimulações que emanam de declarações astutas, cada qual procurando montar uma vida à sua maneira e segundo sua própria lógica.

Em lugar de se maravilhar diante da diversidade, de compreender o ser humano como múltiplo, ele se enojara. Depois sentiu-se seco, tornando-se máquina de sentenças. Cansado de ler os processos, adotou o método do sorteio. Contemplava os autos, media a altura, sacava números de uma sacola, como quem joga bingo. Suas sentenças tinham assombrado tribunais e revoltado a opinião pública. Liberava assassinos cruéis e condenava pesadamente por simples agressões a tapas, motivando apelações sobre apelações, transformando o tribunal em uma casa ruidosa, agitado por interpelações, agravos, embargos, manifestações, editoriais, protestos. Até o dia em que emitiu a sentença mais inusitada já ouvida num tribunal brasileiro.

9
As cores das bolinhas da morte

Assombrou o tribunal ao propor ao réu a escolha da sentença: Jogar bolinhas de gude com mil delinquentes juvenis ou a morte. A morte seria por enforcamento como Tiradentes. Na cruz como Jesus – isso se a igreja católica permitisse, o que era possível, o clero andava ocupado em impedir a lei do aborto. Na cadeira elétrica, caso a companhia de energia concordasse em desenvolver tecnologia apropriada sobre móvel assinado por um *designer*. Por fuzilamento, chamando traficantes ou PMs assassinos para compor o pelotão. A gás se as distribuidoras não falhassem a entrega ou concordassem em utilizar botijões não adulterados. Ao citar o gás, o juiz acrescentou que o ideal seria a auto-execução, modalidade nova: coloca-se o condenado em um cômodo cheio de gás, obrigando-o a acender um fósforo ou isqueiro. "Será possível observar, por um visor, o indivíduo hesitando para riscar o fósforo, demorando para acionar o isqueiro, ciente de que são seus últimos segundos de vida. Boa base para amplos estudos sobre o comportamento do homem que vai morrer." O prisioneiro poderia ser atirado de um avião em alto-mar, prática desenvolvida nos anos setenta. Teria a chance de ser solto em uma favela carioca controlada por traficantes, vestido de policial ou empresário, com uma arma na mão.

— O senhor prefere a morte ou o jogo de bolinhas?

— O jogo.

— Porém, a cada jogo que perder, terá de engolir cinco bolinhas de gude de cores diferentes. O senhor fornecerá as bolinhas, a justiça não dispõe de estoque.

— Posso escolher as cores?

O promotor reagiu indignado:

— Isso é um ultraje! Tal sentença não existe no código brasileiro, excelência! Não existe pena de morte neste país!

— Não o condenei! Dei-lhe a chance de viver, a do jogo. E terá de vencer, nesta sociedade sobrevivem os vencedores. O senhor está tumultuando o júri.

Virou-se para o réu: "E que a sentença seja executada antes do nascer do sol. É tão cinematográfica uma execução na madrugada!". A imprensa foi violenta e a Ordem dos Advogados exigiu atuação enérgica do Tribunal. A população se dividiu. Houve quem apoiasse o juiz, mas organizações politicamente corretas decidiram processar o juiz e o Tribunal por extensão. Quando a situação estava malparada, a Suprema Corte aposentou o juiz, esvaziando o seu gabinete e salgando a mesa, as gavetas e o solo onde ele tinha trabalhado e pisado por décadas. Conservaram, todavia, o seu alto salário, as regalias adquiridas, os benefícios de lei, incluindo o adicional por cada homem condenado a mais de trinta anos, ao longo de sua carreira.

O juiz apelou ao Ministério do Trabalho, este comunicou que sua ação era apenas sobre os que trabalhavam, portanto ativos. Ele não trabalhava mais, vivia inativo. É que ainda não tinha sido criado o Ministério dos Inativos, estava apenas em cogitação, projeto de lei parado na Comissão de Justiça do Parlamento. Não andava, porque os parlamentares estavam inativos. Faltavam os relatores, porém estes não apareciam com os pareceres.

Desde então, o juiz começara a andar. Precisava caminhar, o dia inteiro, indo aos bairros mais distantes, descobrindo uma cidade desconhecida, suja, feia, de casas amontoadas, mal-acabadas. Sentia necessidade de olhar as caras das pessoas, conhecer o mundo, nunca tinha ultrapassado as salas e corredores do Tribunal. Sua vida era sair de casa, no carro oficial com vidros fumê, que o levava ao subsolo, de onde apanhava o elevador especial reservado aos juízes. Achava, então, que era essencial desconhecer a vida, não se envolver com homens comuns, com o cotidiano, para não ser influenciado em suas sentenças. Era um purista. Assim ele só conhecia juízes e advogados e naquele espaço. Sentia necessidade de compensar o vazio. Preocupado em manter os sapatos limpos, caminhava até cair extenuado.

10
Forasteiros perdem a memória passada

Agora, estava diante do prédio no qual morava a mulher que o porteiro ou zelador ou o que fosse garantia não estar ali. Não se lembrava mais como viajara até Belo Horizonte. Contam lendas antigas que o forasteiro, ao entrar na cidade, perde a memória passada. O juiz no entanto conservava a noção de ter perdido a sombra, fato a se estranhar. Por que não esquecera? Questão imediata: enfrentar o porteiro, zelador, ou o que fosse, e subjugá-lo, uma vez que esse homem tinha conhecimentos que poderiam ajudá-lo a localizar uma cientista da PUC, especialista em sombras.

O juiz conhecia técnicas para extrair depoimentos, flagrar contradições, denunciar imaginações. Aqui, no entanto, tudo se mostrava nebuloso. Ele não tinha como apanhar o fio da meada, como em seus piores processos, aqueles de crimes cometidos no mundo administrativo governamental, ou no financeiro, com especulações na bolsa e tramóias que envolviam políticos. Neste processo (a linguagem jurídica sempre vinha à sua cabeça) não dominava o rumo das conversações, o assunto escapava, como enguia lisa. Estou dentro de um sonho, pensou ao olhar para os sapatos e vê-los sujos, o que jamais acontecera em toda a sua vida. Ninguém raciocina com lógica dentro de um sonho. O sonho flui em seus absurdos e tudo dentro dele é natural, sem questionamentos.

Certa vez, leu sobre um homem que invadia os sonhos dos outros. Dentro dos sonhos dele, tinha encontrado uma brecha, ocasionada por uma deficiência na estrutura do sonhar, provocada por funcionários desatentos, como são todos hoje. Como se sabe, existe dentro da mecânica do sono, um grupo enorme de produtores de sonhos, pessoas que conhecem a vida do sonhador a fundo e o seguem constantemente, da alma ao cérebro abissal, percorrendo todos os escaninhos de pensamentos e desejos, de maneira a estarem aptos a criarem sonhos, quando necessários. No entanto, seguindo a norma brasileira de desleixo – desleixo e displicência irritavam o juiz – em relação a tudo o que é sério, até mesmo os sonhos, essenciais à nossa longevidade, bem-estar mental e saúde, se veem corrompidos por brechas artificiais que permitem às pessoas saltarem perigosamente para dentro dos sonhos alheios. E concordava mesmo com a teoria (a ser publicada em 177 volumes) do sonhador Afonso Borges: os produtores de sonhos acabam formando uma confraria, tendo adotado o costume de *lobbies*, propinas, subornos. Ainda que não vivam no mundo exterior, consideram interessante estes processos anômalos. Anômalo é uma das palavras favoritas do juiz sem sombra que, atilado, percebeu: o porteiro, zelador ou o que fosse pretendia distraí-lo com as teorias sobre letras e sons.

– Quer saber? Não me interessa essa tua loucura!

– O que interessa?

– A ausência de minha sombra.

– Quem se preocupa com isso? Pertence agora a uma nova categoria de homens.

– Não quero pertencer a uma nova categoria. Quero ser o homem que eu era.

– E é. O mesmo. Sem sombra, apenas.

– Quero a minha sombra.

– Por que não é como nós?

– Nós? Quem?

Outra vez aquela afirmação. Desta vez, ele não

deixaria passar. Se o homem começasse a fugir do assunto, seria esmurrado.

– Nós, os belo-horizontinos, claro.

– Belo-horizontinos não têm sombras?

11
Sombras não querem ser exiladas

Aquele menino que foi atrás do lá, no campinho de futebol, tinha sombra e ficou admirado do juiz não ter. Talvez ele não fosse mineiro.

– Percebeu? Há muito eliminamos as sombras, elas ficaram além dos morros que circundam a cidade. Não entram aqui, não deixamos. E elas não se vão, não querem ser exiladas. Varginha e Boa Esperança ofereceram abrigo, elas recusaram. Boa Esperança queria uni-las, guardando-as num enorme galpão, para serem usadas na cobertura da cidade, em dias de grande calor. Uma ideia cheia de mineirice, não acha? O que é provável é que a cientista que o senhor procura esteja ali, além das montanhas, entre as sombras, ela descobriu uma forma de penetrar no acampamento. Já alertou: as sombras prometem invadir as cidades, ocupar espaços.

– Então o senhor conhece a Cristina Agostino?

– Não! Conheço apenas a Agostinho. Há até uma pendência entre elas, o povo aqui segue. Certa vez, a multidão que lê Cristina Agostinho, e ela é uma escritora adorada, compareceu a uma palestra de Cristina Agostino, foi um mal-estar, no final aplaudiram.

– E qual mora aqui? Já me perdi! Como pode Cristina morar no décimo nono, se o prédio tem oito andares?

– Oito por fora, doze por dentro.

– Contando porão, garagens, subterrâneos?

– O prédio começa no térreo!

Aqui não tem jeito, pensou o homem sem sombra. E a racionalidade o invadiu. Deu conta de que não fazia sentido estar em Belo Horizonte, uma cidade que não conhecia, dela só tinha ouvido falar, assim como tinha ouvido falar de outras cidades brasileiras, sem interesse de conhecer nenhuma. O mundo tinha sido sua casa, o carro de vidros fumê, blindado – sempre tivera medo –, o porão do tribunal, o elevador privativo, suas salas. Depois, o caminhar solitário pelas ruas de São Paulo, pretendia esgotar as sessenta mil existentes, mais as trinta mil sem nomes, os becos, vielas, ruelas, *cul-de-sac*. Adorava essa expressão francesa, tinha visto um filme de Roman Polanski com esse título no original.

Sua vida mudara mais no momento em que a sombra desapareceu do que quando a aposentadoria compulsória caiu sobre ele. Há coisas previsíveis e possíveis na vida. Mortes, aposentadorias, separações, doenças, dores nas axilas, sucos de laranja azeda, aviões caindo sobre as casas, homens com roupa de mulher, computadores falantes, o cheiro de Deus, elevadores que conduzem ao centro da Terra, cidades sem esquinas, fogo sem fumaça, carretel sem linha, dinheiro falso, boca sem batom. Tudo natural, exceto um homem perder a sombra.

O juiz pressupunha que a sombra estivesse ligada indissoluvelmente aos homens, fizesse parte da natureza, assim como o pensamento, a alma e outras cogitações transmitidas pela filosofia e pela religião. Sombras podiam ser roubadas? A técnica da violência tinha atingido níveis admiráveis, os ladrões contavam com recursos sem fim. Ele, como juiz (lembrou-se de um colega que tinha a mania de dizer "enquanto juiz") atravessara milhares de páginas de autos, em diferentes processos, deparando com as mais insólitas personalidades, pensamentos e volúpias, que o levavam a acreditar que, em algum momento, alguém podia ter descoberto a forma de roubar sombras. De tal maneira que dominaria, ameaçando com o sol candente.

Conseguida a fórmula de extrair a sombra humana, continuaria dissipando sombras de árvores, montanhas, edifícios, casas, tudo. Não tinha lido sobre os invasores de sonhos? Como é que o sonho, coisa tão íntima, tão pessoal, que é sonhado em segredo, pode receber um estranho, alheio a tudo e mesmo indiferente, até desrespeitador? A palavra respeito vinha muito à mente do juiz nos últimos anos, considerava virtude perdida pelo homem. Quem se importa?

– Vai querer entrar?

– Se me permitir.

– Quem impede? O senhor não disse que queria entrar. Na vida temos de ser claros, expressar os desejos, forçar as situações.

– Em que andar a Cristina Agostinho mora?

– No décimo segundo.

– Mas o senhor me disse, outro dia, que era no décimo nono.

– Disse? Foi outro dia. A cada dia digo uma coisa. Sou incoerente, devo me comportar dessa maneira. A incoerência é necessidade para se viver no Brasil. O senhor jamais me apanhará afirmando a mesma coisa duas vezes. Jamais.

– Está bem. Não vou discutir. Quantos andares tem o prédio?

– Doze.

– Só vi oito, por fora.

– Acredite em mim. O décimo segundo existe.

– Se eu entrar e tomar o elevador posso descer no décimo segundo?

– Pode e deve. Acima não tem mais andares. O elevador não flutua no espaço, ainda não conseguiram. O senhor complica tudo!

– Há um subterrâneo? O edifício começa num subterrâneo?

– As normas Rubião jamais admitiram construções abaixo do solo, era um dos princípios fundamentais. Compreendemos essa regra com naturalidade. O solo é uma linha tênue e o que existe acima dele é regido por normas diferentes. Tudo abaixo ainda está sendo pesquisado e avaliado. Há pouca coisa ainda a respeito, porque em Minas as pessoas não admitem que se ultrapassem as linhas que demarcam a privacidade. Há alguma coisa esboçada por O. F. Júnior, o Grande, que decidiu descer e verificar. Um grande exemplo de amor esta descida, não se sabe se dela voltamos.

– Onde posso ler as normas Rubião? – Perguntou o homem sem sombra, subitamente interessado. Fascinado sobre leis acima e abaixo. Se conhecesse tais coisas nos tempos de fórum, sua vida teria sido diversa, poderia ter tomado outro rumo. Nada como a ausência de sombra para nos obrigar a pensar.

– O senhor é mineiro?

– Não.

– Tem parentes?

– Não.

– Veio mais de onze vezes a Minas?

– Esta é a primeira.

– Sabe que poderia ter sido impedido de entrar?

– No Brasil, meu caro, ando para onde quero.

– No Brasil. Aqui, não.

– Aqui acaso não é Brasil?

– Há o Brasil abaixo e o Brasil acima. O acima está regido pelas leis Rubião e elas nunca previram homens sem sombras.

– Vai te catar, vai!

– Que linguagem para um juiz.

– Sabe o que vou fazer? Tem ideia?

O porteiro, zelador ou o que fosse não pareceu nem um pouco assustado. São pessoas que enfrentam todo tipo de gente.

– O que o senhor vai fazer?

Acostumado com a intimidação de réus e advogados que se excediam, o juiz sem sombra recuou.

– Entrar agora nesse prédio. E o senhor não vai me impedir!

– Pois entre.

Abriu a porta e com a mão fez um gesto convencional, curvando-se irônico. O juiz sem sombra espantou-se. Detestava porteiros de prédios, com sua autoridade pretensiosa, assim como detestava chefes de gabinete, assessores de autoridades ou oficiais do dia. Entrou e o hall do edifício era frio, o ar-condicionado ronronava em alguma parte, dissimulado. Ele percebeu que o calor de Belo Horizonte o perturbava, era uma quentura que penetrava pelos poros, enervava, as pessoas se mostravam inquietas. A princípio, ele imaginara que elas se sentissem prisioneiras de uma cidade fechada por montanhas finas como papel ou atordoadas pelos gritos das sombras que tinham perdido os donos ou pelos gemidos das filhas primogênitas que morreram com as cabeças voltadas para os Confins. Ali no frescor do vestíbulo, que tinha o cheiro do claustro de um velho convento visitado trinta e um anos antes em uma cidade remota cujo nome esquecera, um convento em que as freiras ou noviças ou o que fossem andavam nuas, assim como nuas eram as imagens nos altares, o juiz sem sombra percebeu que não tinha ideia do que era Confins e lhe pareceu sem propósito a questão de jovens primogênitas morrerem sem explicação.

Percebeu então que o hall, o vestíbulo, era um saguão fechado. Olhou em torno, não viu por onde tinha entrado. O longo corredor ao fim do qual estava a mesa do zelador ou porteiro ou o que fosse não possuía uma única porta. Existiam, no entanto, seis marcadores luminosos, indicando os andares: doze.

12
O fora e o dentro, realidades separadas

– Ali está o décimo segundo andar. Uma cobertura. É lá que o senhor quer ir. Vê como existe?

– Não entendo.

– Me dê um dinheiro que conto.

O juiz sem sombra, que doravante poderá ser chamado somente o juiz, enfiou a mão no bolso, tirou uma nota de cem, ficou encantado com o azul da cédula. Antes de viajar, apanhara um bolo de dinheiro no caixa eletrônico. Teve sorte, porque ao sair havia um casal sendo assaltado e os ladrões, ocupados, não perceberam que o juiz levava uma bolada maior.

– Sabe? Aqui, desde 1960, quando foram adotadas as normas Rubião, existem duas faces. A que se vê de fora e a interior. Aprendemos a construir edifícios que, externamente, parecem ter menos andares do que possuem internamente. É uma grande descoberta, não revelada ao mundo. Não se mostra o que nossas construções são interiormente. Ao que se saiba, um arqueólogo mineiro, o Drummond Villela, esteve no Egito no começo do século e encontrou esse princípio nas pirâmides. Trouxe para cá e transmitiu aos descendentes, mas desde que chegou falava através de hieroglifos – passou parte de sua vida encerrado nas tumbas dos faraós – e só havia uma pessoa capaz de traduzi-los, o professor Glaeser, homem brilhante. Essa inovação que existe somente na arquitetura belo-horizontina não foi enunciada, porque não gostamos de nos expor. Os descendentes de Drummond Villela encontram-se confinados em Ituiutaba e não falam com ninguém. Dos descendentes de Glaeser existe ainda a professora Célia, deu aulas ao meu filho no Pitágoras, mas nunca mais a vi, mantém o brilho do bisavô. Foi a coragem de Rubião, nos anos sessenta, que o levou a normatizar tudo em uma enciclopédia que o engenheiro-poeta Gil Moreira tornou realidade, efetuando os cálculos mais complicados da engenharia física, da quântica, dos parâmetros diferenciados, do sufismo e da teoria dos corpos em suspensão.

Perco meu tempo, pensou o juiz olhando para o chão e sobressaltando-se ao perceber que havia ao lado de seus sapatos – e como estavam sujos, empoeirados – um resquício de sombra. Estaria voltando? Se pudesse retê-la, ou quem sabe puxá-la, retirá-la dali, obrigá-la a se expor. Se a sombra pudesse falar, responder. Quem sabe Cristina Agostino (ou seria a Agostinho?) pudesse ajudá-lo. Tinha de subir.

– E os elevadores?

– Estão aí. As portas se abrem com os códigos. Cada morador tem o seu. O senhor tem um?

– Não. Não sou morador! Por que não abre um para mim? O senhor deve ter um código mestre.

– Tenho.

– Então...?

– Me diga o código que me permite acionar o código mestre.

– O código do código?

Um homem alto, jeito de brutamontes, cabelos revoltos e um terno de linho branco amarfanhado postou-se à frente do porteiro.

– Essa conversa vai demorar?

– Desculpe-me senhor Vagner. Não o tinha visto. Entre, entre...

Virou-se, protegeu o controle das vistas do homem sem sombra, digitou os números, um elevador se abriu.

– Por favor, senhor Vagner.

– Richard Peres Vagner. Sempre disse para me chamar pelo nome completo. Somente o nome completo define a pessoa. Ninguém, mas ninguém pode chamar o outro por nomes simples. Uma pessoa é o que é através de nome, sobrenome. Concorda?

– O senhor disse Richard Wagner. Como o compositor?

– Como o compositor. Com V em lugar do W. O W não passa de dois vês que se amam, mas não se completam. Mudei meu nome. Em cartório. Meu nome anterior era insignificante, ridículo, porque os nomes são dados aos filhos antes que definam sua personalidade. Deveria haver uma lei que facultasse a cada cidadão decidir o seu nome em determinada idade.

– O senhor admira Wagner? Gosta de música?

– Não tenho sensibilidade suficiente para entender música em profundidade. Ouvi e fiquei impressionado com *As Walkirias*. Li, em um desses fascículos de bancas, porque as bancas de jornais tornaram-se as livrarias e bibliotecas desta época, li que em Wagner os elementos fundamentais, água, terra, fogo e ar, simbolizavam a luta contra a corrupção da humanidade. Tive todas as gravações possíveis de *O Anel dos Niebelungos*, com orquestras e regências do mundo inteiro. Isso foi até eu conhecer o homem que amava o vazio e compreender que a nossa vida só se preenche e se realiza através do vazio.

– O homem que amava o vazio?

– Se houvesse uma razão para te contar!

– Talvez exista... Sou um homem sem sombra.

13

O homem que amava o vazio

E o juiz, que só usava sapatos polidos, saiu para a calçada, caminhou pela parte iluminada e Richard Peres Vagner comprovou que ele realmente não tinha sombra. Não ficou surpreso.

– Não tem importância. A sombra é o nosso vazio. Melhor que elas sumam, assim desaparece o lado sombrio da vida. O senhor será feliz. Venha. Não quero que o porteiro nos ouça. Ele é o responsável pela incompreensão que permeia esse prédio. Vou te contar a segunda experiência fundamental da minha vida, após *O Anel dos Niebelungos* – aliás, esta já não tem importância, talvez eu mude de novo meu nome. Estou pensando em Carlos Peres Saura, estou me encantando com o flamenco, enquanto dança. Foi anos atrás. Datas não interessam. Estava na feira, parei na banca de pastel. Era um hábito. Antes de voltar para a casa, comia um pastel de palmito e um de queijo, tomava um caldo de cana. Pastel é o que mais gosto, depois de uma costelinha de porco dourada. Pedi o pastel de palmito e ouvi uma voz ao meu lado pedir também. Como se tivéssemos ensaiado, participássemos de um coral. Porém, havia um único pastel, o último, um cedeu ao outro, gentilmente. O homem finalmente decidiu aceitar. Ali se iniciou a amizade com aquele sujeito fantástico. O homem que amava o vazio.

Seu apartamento não tinha um único móvel. Nem cama, apenas o colchão no meio do quarto. Coberto por impecáveis lençóis de seda. Mania de usar seda branca na cama. Dizia que era estilo. As roupas ficavam pelo chão, os pratos descartáveis atirados ao lixo após cada refeição. A faxineira passava dia e noite limpando, era bem paga para limpar à exaustão. Ele não suportava poeira, não queria ver o mínimo risco nas paredes.

Gostava de garrafas vazias. Comprava bebidas, tomava um cálice e em seguida esvaziava o resto na pia. Um cálice de vinho, cerveja, martini, vodca, grapa, refrigerante, suco, água, licor, aguardente, rum, tequila, pisco, pernod, vermute, anis, bagaceira, uísque (detestava bourbon), San Raphael (foi a única pessoa que conheci que tomava San Raphael), Fogo Paulista, Kummel, licor de ovos, arak. Mas você gasta uma fortuna dessa maneira, argumentei. E ele, calmo, sempre foi pessoa calma: "Ninguém sabe que ganhei duzentas vezes na Sena, no bicho, tele sena, quina, federal, bingo, nas roletas de quermesses, nos cassinos clandestinos. Deus me ajuda! Entrego os volantes vazios, não aposto em nenhum número. As acumuladas não passam de números vazios".

Certo dia, subi ao terceiro andar para ver sua biblioteca. "Completa. Aqui está o resumo da história da humanidade. Você vai ter em mãos o fundamental da cultura. Possuo tudo o que o homem de saber necessita", me acenou ele. Fiquei ansioso, a cada degrau antecipava o prazer de contemplar obras raras. Pensei na Biblioteca de Alexandria, na do Prefeito Ferreol, nas bibliotecas de Jorge Luis Borges, Wilson Martins, Fidelino Figueiredo (E por que o Fidelino me veio à cabeça?), Soares Amora, Hugo Fortes, o advogado das causas perdidas. Abriu a porta. Penetrei num espaço incomensurável. Sala gigantesca que me deixou surpreso. O edifício não parecia tão enorme, quando entrei. Contemplei as estantes. Dezenas de estantes de pinho-de-riga, com verniz fosco. Limpíssimas. Nem um sinal de poeira. Estantes vazias. Num canto, onde a parede formava um ângulo de 45 graus, havia uma cômoda sem gavetas, os buracos parecendo bocas vorazes e banguelas. Sobre a cômoda, um livro. Bem, pensei, há um livro! E considerável.

"Este é o primeiro volume. Obra exponencial, sintetiza o pensamento universal, condensa o homem atual. Define a mente da era globalizada. Setecentos volumes, a maior enciclopédia já publicada na história. Jamais viverei o suficiente para ler a obra completa, mas a vida é assim." Abri o livro, encadernado em percal marrom. Trabalho delicado, os encadernadores são raça em extinção. As páginas estavam em branco. Folheei em busca de um texto. Deveria haver um, em algum ponto. Nada, páginas e páginas. Fui contando, perdi o sentido das horas. O tempo vazio, nem parado nem andando, achei estranho, mas considerei que, recentemente, ao me separar de minha mulher, após vinte e três anos de casamento, eu me sentira nem parado nem andando. Eram exatamente 6.700 páginas em branco, não existiam sequer os números. Contava mentalmente, perdia-me, recontava, sentindo-me confortado, invadido por uma paz enorme. Percebi que era isso o que eu desejava. Nenhuma letra, nenhuma palavra, nenhum conceito de filosofia, política, religião, nenhum dogma, reflexão, informação. Aquele livro era o absoluto. A partir dele teria de aprender tudo, descobrir tudo.

"Polêmico, não acha? Tem ocasionado discussões agitadas, as mentes fervem. Grandes cabeças aqui vêm. Não são muitos os que têm acesso a ele. Foi a recomendação que me deram no dia em que o comprei. Encontrei-o ocasionalmente na banca de jornais da estação da Noroeste em Bauru. O jornaleiro disse que um homem comprou jornal e esqueceu o livro em cima das revistas. Tomou o trem e se foi, fazia um ano. Era tempo de se desfazer, ele sentia necessidade de se desfazer. Eu podia comprá-lo, por um preço qualquer a título de armazenamento. Mesmo porque não tinha entendido nada do que ali estava escrito. Havia um bilhete dentro: cuidado com os que leem. A estação de Bauru, o senhor conhece? É um templo de iniciação, veja a sua estrutura em forma de catedral. Os trens que entram, nunca saem. Os que saem são outros que nascem e crescem à beira das plataformas. Trens surgidos por geração espontânea."

Não, não estava espantado, ainda que devesse estar. Assimilava tudo de modo natural. Não há razão para espantos neste mundo, todas as coisas são possíveis. Era isso que eu pensava, invadido por grande calma. Há anos não me via assim, sem ansiedades, tensões, sem um nó na garganta. "Ouçamos música", disse ele, colocando um CD. Apertou o play e se concentrou. Nenhum som saía do aparelho. O disco girava, eu podia ver o seu brilho metálico. "Atenção a esta, é lindíssima, murmúrios do pensamento." Não havia som. Olhando pela janela, busquei a cidade, meus olhos contemplaram o vazio.

14
O código para abrir exige um código

O juiz viu Richard Peres Vagner entrar no hall e seguiu-o, mas o homem virou-se de costas, retirou do bolso um controle remoto, digitou um número, a porta do elevador abriu-se.

— Posso entrar com o senhor?

— Se tiver o código pode.

— Não tenho sombra.

— As normas dizem alguma coisa a respeito de homens sem sombras?

– Nada. Nada de nada.

– Então, não pode entrar.

– Mas preciso...

– Adeus... e que seja adeus... imaginem, um homem sem sombra... Mentiras, nada mais que mentiras!

Entrou, a porta se fechou.

– Como é?

– Só queria que o senhor fosse embora. Perdi muito tempo. Dê o código.

O porteiro, zelador ou o que fosse, era um ho-mem diferente dos porteiros normais, sempre impacientes, negando informações, despachando logo os impertinentes.

– Entendeu? Me dê o código do código.

– Como saber o código do código?

– O senhor faz o que na vida?

– Fui um juiz.

– O senhor emitia sentenças. Baseadas no código penal. Sabia ler o código.

– O que tem a ver o código penal com o código dos elevadores?

– As normas Rubião me autorizam a não responder. Não preciso responder a uma única pergunta. Ninguém nessa cidade precisa. Somos o povo que se liberou das perguntas. Em alguns anos, o Brasil viverá como nós, as perguntas serão dispensadas, as respostas deixarão de existir. Como a sua sombra.

– Mas as perguntas existem, é preciso respondê-las!

– O mundo sem indagações será perfeito. O que atrapalha são as perguntas. As indagações, interrogações, interpelações. Respondê-las exige tempo, muitas vezes são perguntas inúteis. Neste prédio, tem um professor de filosofia que armazenou no computador todas as perguntas sem respostas feitas pelo homem em milênios de história.

O juiz sem sombra registrou: preciso descobrir este professor, talvez eu possa contribuir com as questões que levantei lendo tantos processos. Então, lembrou-se que ali mesmo em Belo Horizonte tinha obtido respostas, como o menino que o ajudara indo em busca do lá.

– Várias pessoas já me responderam.

– Podem ter sido forasteiros. Muitas vezes, habitantes de Pouso Alegre, Guaxupé ou Três Pontas, para se mostrarem diferentes, se misturam aos belo-horizontinos, e confundem tudo. Vive em Guaxupé um contestador, um homem que deseja respostas. É o Elias José, que dá, de propósito, respostas erradas, respostas contrárias, respostas proibidas. Ele está em nossa lista.

– Lista de quê?

– Não vou responder.

– Não responder é uma atitude comodista. A acomodação, o final de uma busca para saber o sentido de tudo.

– E há sentido? Comodista? Só prova nossa atualidade, estamos de acordo com o que a sociedade deseja. É preciso entender o mundo em seus anseios. É preciso entender o que consideramos respostas inúteis. O senhor é um juiz, vai a palestras, conferências, assiste a mesas-redondas pela televisão, ouve governantes darem entrevistas coletivas. Nossos pesquisadores avaliaram tudo: há quinhentos anos não se dá, no Brasil, uma única resposta satisfatória, concreta e inteligente a qualquer pergunta. Foi quando decidimos eliminar as respostas, para ver se assim matamos as perguntas. Precisamos comemorar os quinhentos anos sem respostas.

— Mas a indagação e a curiosidade é que fazem o mundo andar, elas movem as descobertas, a ciência, a filosofia...

— No entanto, as perguntas são toscas, primárias, medíocres.

— É impossível viver sem respostas.

— É impossível viver só com perguntas. Às vezes, respondemos, porque somos hospitaleiros, simpáticos, educados, queremos mostrar boa vontade, mas jamais respondemos certo, dizemos a primeira coisa que vem à cabeça. Vamos, dê o código!

— É uma palavra? Um número?

— É um código. C-ó-d-i-g-o. Diga uma palavra estranha, a primeira que vier a sua cabeça. É como loteria, exame vestibular, o senhor pode dar sorte.

— Se é uma palavra, conheço uma. Adueiro. É esta?

— Não.

– Chibato.

– Não. Não me entendeu? C ó d i g o!

O juiz sem sombra observou, outra vez, os próprios pés. A pequena sombra parecia mesmo estar saindo debaixo da sola do sapato sujo. Se estava voltando, por que deveria continuar vivendo essa situação em que se envolvera? No entanto, não tinha intenção de abandonar tudo, regressar a São Paulo. Talvez nunca mais retornasse, ia continuar como estava, ver onde chegava. Sentia-se como em certos processos cheios de ações humanas incompreensíveis. Atos que ele jamais julgara um homem ser capaz de cometer. E, no entanto, cometia, os autos estavam cheios deles, a humanidade deveria tomar conhecimento das intimidades espantosas que se encontram arquivadas nos porões da justiça. Estará ali o verdadeiro homem? Aquele que rompeu todos os limites, desprezou as normas que alguém, algum dia, em alguma parte remota, por alguma razão, estabeleceu, impondo preceitos, diretrizes, fórmulas, regimentos e doutrinas para o viver?

O juiz sem sombra continuava a refletir sobre o que considerava normas da civilização. Imaginava-se falando com o outro, argumentando que são absurdas as regras dessa civilização em que vivemos, impossibilitando o bem-viver livremente, cada um dando expansão àquilo que está em seu íntimo, na alma (então, admitia a alma?) e que existem milhões de pessoas destruindo-as. E, por isso, sendo destruídas.

Na verdade, pensou o juiz, enquanto raciocinava buscando o código que abriria os elevadores – ele adquirira a capacidade mental de desenvolver pensamentos paralelos a alguma reflexão, às vezes imaginava que tinha dois cérebros –, a liberdade pode estar nas ações destes inconformados que desafiam e desafiaram a morte, apostam e contestam e contestaram a noção vigente de liberdade com atitudes e gestos contrários e audaciosos. E se estes homens que morreram ou viveram presos e condenados são a verdadeira face da humanidade? A humanidade como é realmente. Sem disfarces. Ou seja, a ignomínia, a violência, o sadismo, a sabujice, a corrupção, a mentira, a tolice? E quem criou tais definições?

A civilização não passa de fingimento, inibição. Os conceitos foram formulados para evitar que a humanidade se comporte como é, e deseja, e gostaria. Foram criados para nos tornar impotentes e angustiados. Porque nossas angústias, raciocinava o juiz, desesperado por não achar solução para o código, nascem da incapacidade que sentimos em não poder matar, roubar, violentar, mentir, cagar na rua, mijar na mesa em que se come, cuspir na igreja, tocar cuíca no tribunal, escrever provas em neozelandês nas universidades, praticar todo tipo de sexualidade, não ter religião, pudor, consideração, decência. Então, ele percebeu que o outro estava distraído.

– O senhor não está me ouvindo!
– O senhor não está dizendo nada!

– Como não? Falo sobre a humanidade.

– Não disse uma palavra. Não posso ler pensamentos.

– Mas eu tinha a noção de que o senhor me acompanhava.

– Estou esperando o código.

– Ah, o código!

Súbito, lembrou-se da noção que o porteiro, zelador ou o que fosse tinha em relação às palavras. Da inversão do som das letras, do desprezo pelos significados.

– Código. Pode ser Digoco?

– Não!

– Pode ser Gocodi?

– Que palavra ridícula. Nenhum dicionário admitiria essa palavra.

– Pode ser Cdgióo.

Notou que o outro sorria, dissimulado. Era uma pista, estava no caminho. O porteiro, zelador ou o que fosse estava disposto a entregar o código, como se estivesse cansado de guardá-lo, mantê-lo em segredo. Os homens só gostam de segredos quando podem revelar.

– Ocogid? Godico?

A porta do elevador abriu-se. Muitíssimo bem-dissimulada por nervuras no papel de parede que imitava mármore. Dele saiu uma mulher babando possessa e gritando.

– Você estava revelando. O código. Senti. As paredes suaram. Fiquei nervosa. Contou, contou...

—Não contei... Ele descobriu sozinho, é inteligente, um juiz!

A mulher retorcia-se como puxa-puxa quente sendo transformada em bala de coco, manchando de suor pegajoso o chão imaculadamente branco. Guinchava:

— Contou! Contou! Você sempre conta! É só aparecer uma pessoa. Sem sombra! Você não resiste! Conta! Não adianta! Você nunca mais. Terá. A sua sombra. De volta! Ninguém terá! Sabemos! Sabemos! E agora vem. Um juiz! Quem garante. Que ele é? Juiz?

15
Como conseguir ser ouvido pela tevê?

O juiz sem sombra esgueirou-se, entrou no elevador aberto, procurou o doze. Estava em algarismos romanos: XII. Apertou o botão, as luzes se apagaram e começaram os gritos. De homens, mulheres, crianças, vagidos de bebês, de jovens, vozes débeis de velhos. O homem sem sombra sentiu o elevador imóvel. O tempo passou, ele gritou também, queria que abrissem. Passando a mão pela parede, procurava o painel. Não encontrava. Paciente, sentou-se. Paciência era virtude dos juízes, desenvolvida nos longos julgamentos, quando interrogatórios e arrazoados da acusação e defesa se arrastavam tediosamente. Cochilou, acordou com muita fome, não sabia quanto tempo tinha se passado. Epa! Quer dizer que o porteiro, zelador ou o que fosse não tinha sombra também?

Então, a porta do elevador abriu-se. Ele percebeu o corredor iluminado por uma débil luz violeta. Fazia mal aos olhos. Os gritos continuavam ao seu redor. O juiz sem sombra bateu nas portas. Que se abriam revelando apartamentos vazios. Alguns acabados, outros em fase de construção. No penúltimo, havia uma televisão ligada diante de marmitas com restos de comida fresca. Então, havia gente por ali, talvez pedreiros. As janelas abriam-se para o vazio. Não havia paisagem, nenhuma cidade. E, no entanto, pensou o juiz sem sombra, estou em Belo Horizonte. Estou há dois dias, ainda que pareça um século. Viajei a noite toda em um ônibus azul-prateado, andei pela cidade, falei com as pessoas e estou em busca. De quê? De quem? O que faço aqui? Quem sou?

Será outra segunda-feira, dia da maldição? Estou no sonho de outra pessoa? Como escapar? Por onde me atirar de volta à realidade? Porém, se estou no sonho não posso raciocinar desta maneira. Nos sonhos jamais sabemos que estamos sonhando, é a grande característica dos sonhos. Afinal, o que são os sonhos? Este não é meu, não quero ficar nele, preciso encontrar uma brecha para escapar. Escapar. Era o que lia nos olhos dos réus, quando sentavam-se diante dele no tribunal. Amedrontados porque estavam fora do seu elemento, como uma cobra dentro do cofre de um banco.

Então, ele bateu os olhos na tevê, começava o noticiário e havia uma linda apresentadora jovem, com o olhar penetrante e suave. O juiz sem sombra leu: Fernanda Agostinho. Agostinho? Seria filha, seria irmã, seria sobrinha da Cristina? Onde andava essa mulher que poderia libertá-lo? Libertá-lo do quê? Para quê? A sua vida desenhava-se diversa e isso o encantava, teria de se habituar a essa nova normalidade. A voz daquela apresentadora, pausada, cheia de frescor, animou-o. Quer dizer que a cidade existia, só não era vista através das janelas. Talvez por segurança. Ou uma determinação das normas Rubião. Um prédio tão requintado que isola as pessoas do mundo que nos circunda. Edifício refúgio, onde nos isolamos, nada nos afeta, a feiúra do mundo fica fora. Quem sabe as janelas sejam hipervídeos de cristal líquido, onde possamos ver paisagens lindíssimas, montanhas ou rios ou mar, conforme aquilo que desejamos e amamos. Tudo menos o real. Quem quer saber do real? Tão desequilibrado, inconsistente, fictício, tão frágil! O real é a mentira na qual nos agarramos para não sermos considerados loucos, para não nos internarem, nos retirarem do que chamam sociedade. O real é impalpável.

Fernanda Agostinho, identificava outra vez a legenda na tevê. Precisava se comunicar com ela. A voz doce continuava a penetrá-lo, convincente, havia inocência malandra nos lábios que liam notícias sobre o quê? Por que não ouvia? Não entendia as palavras? Não entendia uma única sílaba que estava sendo dita. O juiz sem sombra tinha certeza, aquela jovem poderia salvá-lo. Gritou para a tevê: Socorro! Gritou uma, duas, dez vezes. Aproximou o rosto do rosto de Fernanda Agostinho. Agora em *close*, os olhos faiscavam. A salvação estava perto e a salvação era bloqueada pela tela, por um pedaço de vidro. A televisão poderia retirá-lo, levá-lo de volta. Para onde? E será que desejava? Se rompesse a telinha e gritasse, Fernanda haveria de ouvi-lo. E foi o que fez com um soco. Abriu-se um buraco negro, fumegante. Lindo, porque era a salvação. Tudo silenciou e através do buraco, caverna para o real, ele gritou: Socorro! Socorro!

Ouvia a própria voz ecoando, através dos fios, penetrando em tomadas, saindo no ar, caminhando pela atmosfera de Belo Horizonte numa tarde (Manhã. Ou seria noite? O que importa o tempo?). Ele ouviu outros gritos misturados aos seus. Os gritos das jovens que morreram voltadas para os Confins, gritos de sombras que tinham perdido os donos. Milhares de gritos ensurdecedores. Os gritos partiam do lado dele, saíam dele. Os gritos que o senhor ouve à noite são os gritos das sombras perdidas. Depois de um tempo, as sombras perdem a noção de posse, esquecem a quem pertencem, porque sua memória, ou aquilo que funciona como memória, tem curta duração. Elas ficam confusas, sem donos, sem objetivos, não sabem para onde ir, quando vão terminar. Uma sombra se extingue quando o seu dono morre. Mas se elas perderam os donos, continuam, sem fim, eternas, exaustas, frágeis e quebradiças, rompendo-se por qualquer razão. Ou será que elas não têm dono, vão sendo transferidas de uma pessoa para a outra? Assim que alguém morre, sua sombra é imediatamente realocada para um que está nascendo ou já tem idade para ter sombras?

Não sabemos ainda se as sombras têm dores físicas como nós. Então, o juiz entendeu. Foi invadido por um grande medo, porque era uma coisa nova, desconhecida. Ele sabia e não queria ser aquilo em que tinha se transformado. Não podia admitir. De modo algum. Circulou pelo apartamento, saiu para os corredores. Não havia luzes, a cor violeta estava se apagando, restava apenas um grande escuro. E de alto-falantes camuflados (por que camuflados?) vinha a voz de Emma Shapplin cantando: *Silêncio. Pássaros de horror. Gritos sem ter língua.* O juiz enxergava no escuro. Iluminado por coriscos, pontos brilhantes que faiscavam, estrelas como as que vêm aos nossos olhos, antecedendo às enxaquecas.

Ele, o juiz, homem sem sombra era o escuro. Foi dominado por uma grande calma. Penetrou em um campo de tranquilidade, dissolvidas todas as ansiedades. Não precisava de respostas. Não sabia o que eram perguntas. O real se diluía nele, desaparecia. Ziguezagueou pelo corredor até que não houve mais corredor. Nada. Apenas escuro total. Podia ver como se fosse dia claro. Num dia escuro se pode ver o infinito, pensou. Para que pensar?

Não havia dor, angústia, inquietação, amargura, tristeza. Somente paz inefável. Gostava da palavra inefável. Portanto, ainda era humano. Descobria nele sentimentos humanos. Uma enorme calma. Ele era, agora, o que todos os homens são. A sua sombra. Para existir, ela precisava de luz. Portanto, havia luz no Universo. Quando não houvesse luz, onde se refugiaria? Em que ponto da Terra ou da galáxia localizam-se sombras não ativas? Estava iniciando uma viagem para o desconhecido absoluto.

E o juiz entendeu que, ao encontrar a sombra perdida, incorporara-se a ela. Tornara-se sua própria sombra.

Obras do Autor

Depois do sol, contos, 1965
Bebel que a cidade comeu, romance, 1968
Pega ele, Silêncio, contos, 1969
Zero, romance, 1975
Dentes ao sol, romance, 1976
Cadeiras proibidas, contos, 1976
Cães danados, infantil, 1977
Cuba de Fidel, viagem, 1978
Não verás país nenhum, romance, 1981
Cabeças de segunda-feira, contos, 1983
O verde violentou o muro, viagem, 1984
Manifesto verde, cartilha ecológica, 1985
O beijo não vem da boca, romance, 1986
Noite inclinada, romance, 1987 (novo título de *O ganhador*)
O homem do furo na mão, contos, 1987
A rua de nomes no ar, crônicas/contos, 1988
O homem que espalhou o deserto, infantil, 1989
O menino que não teve medo do medo, infantil, 1995
O anjo do adeus, romance, 1995
Strip-tease de Gilda, novela, 1995
Veia bailarina, narrativa pessoal, 1997
Sonhando com o demônio, crônicas, 1998
O homem que odiava a segunda-feira, contos, 1999
Melhores contos Ignácio de Loyola Brandão, seleção de Deonísio da Silva, 2001
O anônimo célebre, romance, 2002
Melhores crônicas Ignácio de Loyola Brandão, seleção de Cecilia Almeida Salles, 2004
Cartas, contos (edição bilíngue), 2005
A última viagem de Borges – uma evocação, teatro, 2005
O segredo da nuvem, infantil, 2006
A altura e a largura do nada, biografia, 2006
O menino que vendia palavras, infantil, 2007
Não verás país nenhum – edição comemorativa 25 anos, romance, 2007
Você é jovem, velho ou dinossauro?, almanaque, 2008
Os escorpiões contra o círculo de fogo, infantil, 2011
A morena da estação, crônicas, 2011
Acordei em Woodstock: Viagem, Memórias, Perplexidades, crônicas, 2011
O primeiro emprego: Uma breve visão, crônicas, 2011
Crônicas para jovens, infantojuvenil, 2012
O mel de Ocara, crônicas, 2013

Projetos especiais

Edison, o inventor da lâmpada, biografia, 1974
Onassis, biografia, 1975
Fleming, o descobridor da penicilina, biografia, 1975
Santo Ignácio de Loyola, biografia, 1976
Polo Brasil, documentário, 1992
Teatro Municipal de São Paulo, documentário, 1993
Olhos de banco, biografia de Avelino A. Vieira, 1993
A luz em êxtase, uma história dos vitrais, documentário, 1994
Itaú, 50 anos, documentário, 1995
Oficina de sonhos, biografia de Américo Emílio Romi, 1996
Addio Bel Campanile: A saga dos Lupo, biografia, 1998
Leite de rosas, 75 anos – Uma história, documentário, 2004
Adams – Sessenta anos de prazer, documentário, 2004
Romiseta, o pequeno notável, documentário, 2005